目次

怪異筆録者

津久田舞々はいつでも眠い

1

暑い。

私が眼を覚ましたとき、まず思ったのはそのことだった。

額から首筋から胸許から、ぬるい汗が流れているのを感じる。口の中はひどく渇いていた。

自分のいるところを確認した。ベンチに座っている。目の前にあるのは電車のホームとおぼしき場所と、その向こうの青空。そして容赦なく照りつけている陽差しだった。

どうやら自分がいる場所もホームらしい。ということは、電車を降りたのか。持ってきたスーツケースとバッグも傍《かたわ》らにある。

立ち上がり、ホームを歩きだす。駅名標がすぐ見つかった。

【こがね　古賀音】

ほっとした。どうやら目的の駅で降りているようだ。

それにしても、暑い。

改札に人の姿はない。切符を入れる手作りのポストみたいな箱があるだけだ。持っていた東京からの切符をそこに放り込んで、外に出た。

駅前は閑散としている。わずか数軒の民家が建っているだけで、店らしいものもなかった。自販機さえない。喉の渇きがひどくて、耐えがたかった。東京を出るときにペットボトルでも買っておけばよかったと後悔する。

タクシー乗り場と書かれた看板はあったが、肝心の車は停まっていない。見回しても人の姿はどこにも見えなかった。どうやら歩いて行くしかないようだ。

そのときになってやっと時計を確認することを思い出した。二時十六分。陽は高く、空は青く、影は濃い。

バッグからA４の用紙を引っ張りだす。明神《みょうじん》から渡されたものだ。古賀音駅から目的地までの道順がフリーハンドで描かれていた。複雑な道ではない。曲がるのは三回だけ。「徒歩にて三十分」と添え書きがあった。

三十分。荷物が急に重くなったように感じられた。道が平坦であること、途中で自販機が見つかることを念じながら、私は歩きだした。

明神は編集者の中でも一番付き合いが長かった。彼の手でデビュー作を含め三冊の本を出していた。これは私の全著作の五十パーセントに当たる。その彼が打ち合わせの場で言った。

「そろそろ難しいんですよね」

長く伸ばした髪を指でくるくると巻きながら、彼は笑顔を作ってみせた。それが彼の癖だ。髪を指で巻くのも、おざなりな笑顔を作るのも。

何が難しいのかは、わかっていた。

「もう、駄目ですか」

思いきって、訊いてみた。

「駄目ってことはないです。もう少し斬新なアイディアで、その、パアッとしたものなら本にできますよ」

パアッとしたもの――これも彼の癖だ。最初の頃から、こんなことを言われ続けてきた。パアッとしたものを書きましょう。ドスンとくるものを書いてください。ドカンと一発当てましょう。一度も彼の望みに叶うものを書けたためしがないのだが。

「津久田《つくだ》さんって基本、地味じゃないですか。いつも悪夢ネタだし、主人公が自滅して終わるし。同じホラーでも、もっとやりようがあると思うんですよ。ほら、河和田《かわだ》先生とか二上《にかみ》先生とか」

ベストセラー作家の名前を出されても、私が奮い立つわけではなかった。映画やドラマになるような派手な話を書けと言われているのはわかっている。しかし、それは無理だった。私の頭の中にあるのは、地味な悪夢ばかりだから。

やはり、もう無理なのか。

「津久田さん、プロになって何年でしたっけ?」

「八年。三十のときにこちらの新人賞でデビューさせてもらったから」

「もう、そんなになりますか。いいかげん、化けてもいい頃なんだがなあ」

化ける作家はデビューしたときから化けてるものだよ、と心の中で反論する。

「やっぱり、方針転換が必要なんでしょうね」

「と言うと?」

「いい話がひとつあるんですよ。古賀音って町、知ってます?」

「こがね? さあ……」

「G県の南側にある小さな町なんですけどね。そこがホラー作家をひとり欲しがってるんです」

言われている意味が、よくわからなかった。

「ホラー作家を欲しがってる、って?」

「なんか、面白いでしょ」

こちらの疑問に答えることなく、明神はまたおざなりな笑顔を見せる。

「行ってみませんか、古賀音へ」

2

良いことと悪いことがあった。上《のぼ》り坂でないのは良いことだ。しかし店も自販機も見当たらないのは悪いことだった。

流れる汗をタオルで拭きながら、私は熱中症の危険を感じていた。このままだと本当に脱水症状を起こしかねない。

舗装されて何年も経っていそうな道の両側は畑だった。大根だか蕪《かぶ》だか他の青物だかが植えられている。日陰はなく、太陽は私を焼き続けた。人の姿は、相変わらず見えない。スーツケースはますます重みを増してくるように感じられた。

【かかしを右へ】

手書きの地図には、そう書かれていた。かかしって案山子のことだろうか。ひどく頼りない道標《みちしるべ》だ。そんなもの、どこにあるというのだろう。見渡しても青々とした畑が続くばかり。他にあるものといえば、百メートルほど先にきらきらと光る金色のものだけだ。

私はその金色に向かって歩いた。近付くにつれてそれがレインコートのようにフードの付いた衣服だとわかった。フードの中には古風に「へのへのもへじ」と描かれた白い顔がある。

袖の先にはラメの入った手袋が付けられている。それは三メートルくらいの高さの柱に括《くく》り付けられ、あたりを睥睨《へいげい》していた。

これが案山子か。私はしばらく、それを見上げていた。金色のコートを着ている以外におかしなところはないのだが、なぜか妙に気にかかった。どことなく邪悪なものを感じさせる。

よく見ると、コートの胸元にマジックで文字が書かれていた。

【ようこそ黄金《おうごん》の国　古賀音へ】

へのへのもへじが笑っているように見えた。

とりあえず、そこを右に折れる。

さらに畑が続いた。暑くて渇いて意識が途切れそうになる。まずい、ここで倒れたら本当に死んでしまうかもしれない。重い足を引きずり、進む。

ようやく視界に畑以外のものが見えてきた。白い建物だ。あそこが目的地でなくても、中で水をもらおう。少し気力が戻ってきた。

それは小さな信用金庫の支店くらいの大きさの建物だった。壁はたしかに白いが、ところどころ罅《ひび》が入って黒ずんでいる。駐車場らしいスペースには軽トラックが二台停まっていた。農協だろうかと思った。が、入り口に掲げられた看板を見て、そこが目的地だとわかった。

【古賀音町役場】

ガラスのドアを開けて中に入ると、冷風が全身を包んだ。ありがたい。

入ってすぐのところに受付があった。「すみません」と声をかけたが、喉が干上がっているせいでまともな声にならなかった。それでも半袖の事務服を着た中年の女性がやってきた。

「はい、なんでしょ？」

「あの、津久田と申しますが、毛見《けみ》さんにお会いしたいんですけど」

「毛見さん？　ああ、町長さんね。ちょっと待ってくださいよ」

女性はここ二十年は見かけてない重そうな受話器を取ると、どこかに話しかけていた。

「……はい、つくださんだそうです……わかりました。こちらへどうぞ」

最後の一言は、私に向かって言ったものらしい。女性は奥の部屋に案内してくれた。

応接室のようだった。いささか形の崩れたソファに座ると、目の前の壁に額が飾られているのが見えた。

【古賀音十訓】

【人を愛せよ】

【家族を愛せよ】

【土を愛せよ】

【作物を愛せよ】

【夢を愛せよ】

【時を愛せよ】

【故郷を愛せよ】
【水を愛せよ】
【歴史を愛せよ】
【金を愛せよ】

最後に「片喰鐵山　書」とある。いささか読みにくく、そしてあまり上手とも思えない字だった。

一度引っ込んだ女性が待望のものを持ってきてくれた。冷えた麦茶だ。

「ありがとうございます」

心の底から礼を言い、女性がいなくなるのを待って一気に喉へと流し込んだ。体に水分が染み渡る感覚に意識が吹き飛ぶ。

ふと気付くとグラスを床に落としていた。割れなくてよかったと思いながらテーブルに戻す。

それから五分ほどしてドアが開き、男性がひとり入ってきた。

今どき珍しい半袖の省エネスーツにループタイという服装がまず眼についた。背丈は私より少し低そうだ。その分恰幅《かっぷく》がよく、体重は三桁に届いているかもしれない。年齢は四十代後半か五十代。髪は薄く、額が広かった。赤ら顔に黒縁眼鏡を載せ、鼻の下に髭《ひげ》をたくわえている。

正直な第一印象を言えば、町で話しかけられたらまず身構えずにはいられない、そんなタイプだった。

「やあ、はじめまして」

男性が言った。体型のわりには甲高い声だった。

「あなたが佐竹《さたけ》出版の明神さんから紹介いただいた津久田さんですか。私、古賀音町の毛見と申します。お見知りおきを」

名刺を差し出された。「古賀音町町長　毛見龍之介」と書かれている。私も慌ててバッグから名刺入れを引っ張りだし、一枚差し出した。

「津久田舞々《まいまい》さん。変わったペンネームですな」

「いえ、本名なんです」

「ほう！　それはすごい」

毛見町長は心の底から驚いたような声をあげる。これには私のほうが驚かされた。舞々という名前を告げて笑われることは子供の頃から当たり前にあったが、こんなに驚かれたのは初めてだ。

「津久田先生の作品、読ませていただきました」

向かいのソファに座りながら、毛見は言った。

「なかなか興味深かったです。『呪われた夢』も『忌《い》まわしき夢』も『禁じられた夢』も楽しかった。笑わせてもらいました。あなたは文才のある方だと思いますよ」

「はあ」

ホラー小説を読んで「笑わせてもらった」というのは、決して褒《ほ》め言葉ではないですね、と心の中で皮肉ってみる。もちろん「文才がある」という言いかたも、だ。

「先生ならこちらが考える条件に、まあ合っていると思います。仕事を依頼しても大丈夫でしょうな」

「あの、その仕事というのは？」

「おや、明神さんから聞いてませんですか」

「はい、とにかくこちらへ行けとだけ」

詳しいことは先方が教えてくれますから、と言われたのだった。なんともあやふやな話ではある。普通ならこんな依頼、引き受けるわけがない。しかし今は作家としての命脈が断たれるかどうかの瀬戸際《せとぎわ》だった。

「こちらで住む家を用意してくださる、ということだけは聞いているのですが」

「そうそう、そのとおりです。先生にはこちらに移り住んでいただきたい」

作家の誘致というやつだろうか。税金目当てにそういう活動をしている地方自治体があるという話は、聞いたことがある。ただしベストセラーを連発している金持ち作家が対象だが。

「駅からここまでの間、町の様子は御覧になりましたな？　どんな印象を持たれましたか」

「それは……落ち着いて、いいところだなと」

「辺鄙《へんぴ》で何もないところだ、とも思ったでしょう？」

言いにくいことを、ずばりと言われた。

「正直、この古賀音は田舎《いなか》です。たいした産業もなく、人口も減っている。このままでは衰退していくばかりです。しかしね、昔はこんなんじゃなかった。この町にも栄光の時代はあったんですよ」

毛見はテーブルに一冊の本を置いた。『古賀音町史』と題されている。

「戦前、この町の北側にある田方山《たがたやま》で金が見つかりました。黄金です。ゴールドです。その話はたちまちのうちに広まり、全国から一攫千金《いっかくせんきん》を狙う者たちが集まりました。彼らによって町は一時《いっとき》ですが大いに栄えました。あれは、いい時代でしたよ」

まるで自《みずか》ら体験したことのように、彼は言った。

「そんなに金が出たんですか」

私が訊くと、毛見は笑った。

「それがあなた、からっきしです。金が見つかったのは最初の頃だけで、続く連中は田方山の形が変わるくらいに掘ったのに、ついに見つけることができなかった。そのうちに戦争が始まり、軍も金鉱掘りに加わりました。しかしやっぱり、金は出ませんでした。ついにみんなが諦め、この町から手を引きました。今、なあんだって顔をしましたね」

「いえ、そんな」

「わかりますよ。この話を聞くと皆さん、そんな顔になります。ともあれ、金はもう出ません。以後、古賀音はひっそりと息をひそめるようにして生きてきました。息をひそめすぎて、今では窒息寸前です。この意味、わかりますか」

「寿命が尽きると？」

「そのとおり。町は活気を失い、住民は減り、光は消えようとしております。それは、もう止めようもないことかもしれない。でもせめて、古賀音という町のことを人々の記憶に留めてもらえるようにしたい、と私はそのように思いました。そこであなた、津久田先生にお願いしたいのです。この町に住んで、この町のことを書いていただきたい」

「この町のことを書く？　それはどういう――」

「ここで見たこと、経験したこと、学んだことを書いてもらいたいのですよ。それをまとめて本にすれば、町の記念碑となります」

「それは紀行文みたいなものでもいいんですか。あるいはエッセイみたいな……」

「形式はお任せします。津久田先生の書きやすいように書いてください」

奇妙な依頼だと思った。町に住んで町のことを書く？　それが町の記念碑になる？　なんとも突飛な考えだった。しかし町長が直々《じきじき》に依頼するのだから、中途半端な計画ではないだろう。

「町にお住みいただく間、衣食住のお世話はさせていただきます。住む家はもちろん、食べるもの着るものに不自由はさせないつもりです。町が全面的に津久田先生をバックアップいたします。いかがでしょうかな」

衣食住に不自由しない、というのは魅力的な提案だった。今の私にとっては決定打と言ってもいい。

「わかりました。私にできることでしたら、協力させていただきます」

「ありがとうございます。では早速、住まいのほうへ御案内いたしましょう」

毛見は立ち上がる。

「あ、その前にひとつ」

私は疑問にも思っていたことを訊いてみた。

「どうして他でもないホラー作家を呼んだんですか？」

「簡単なことですよ」

彼は言った。

「ホラーを書いていらっしゃる方でしたら、そういう方面の耐性がおありだと思いまして」

「それは、どういう――」

「いずれ、おわかりになると思います。さあ、行きましょうか」

3

誰か役場の職員に案内させるのかと思ったら、なんと毛見町長自らが私を車に乗せて運転するという。

しかもその車というのが、役場前に停まっていた軽トラックだった。

「これは私の愛車でしてね」

ハンドルを握りながら毛見は言った。

「農作業のときに重宝してます」

「農業もされてるんですか」

「そっちが本業です。町長の仕事は、言ってみればボランティアみたいなものですよ。ほら、左に見えるのが先程お話しした田方山です」

車窓から外を見る。夏空をバックにして小さな山が稜線《りょうせん》を際立たせている。金鉱掘りで山の形が変わった、と毛見は言っていたが、見たところ歪《いびつ》な感じはしない。木々に覆われた普通の山だ。

車同士がやっと擦れ違える程度の農道を、軽トラックは走っていく。道の両側は畑か田圃《たんぼ》だ。どこも作物が植えられ青々と色づいている。しかし作業している人の姿はない。

「町の人口はどれくらいですか」

と訊くと、

「先生が千十五人目です」

と答えた。

「なんとか四桁は確保していきたいと思っているんですが、御多分に洩れず若い者は出ていき年寄りしか残らない。来年には大台を切るでしょうな」

田畑の間に民家が建っている。どれもぽつりと孤立していて、家々が密集している都会の風景に慣れた私には奇異に見えた。

道はやがて上り坂になり、山の中に入っていく。鬱蒼《うっそう》とした木々の間を抜け、曲がりくねりながら続いていた。だんだん心細くなってくる。

「ずいぶんと寂しいところにあるんですね」

「建てた方の趣味でして」

さらに十分ほど走った後、軽トラックは駐車場——というより落ち葉が積もった空き地——に停まった。ここが終点かと思ったら、

「少し歩きます」

毛見はそう言って、林の中に入っていく。慌てて後をついていくと、そこには獣道のよう

な細い小径《こみち》が伸びていた。両脇は草木が生い茂り、陽も差さない。ちょっとした探検だな、と思いながら進む。適度に湿って冷えた空気が、肺には心地いい。だが不安な気持ちは消えなかった。

三分ほど歩いて小径が途絶えた。広い場所に出たのだ。

「ここです」

先に立った毛見が指差した。私は言葉を失くした。

そこにあったのは、日本の田舎の山の中に建っているとは思えないような洋館だった。尖った屋根、煉瓦《れんが》の壁、アーチのある窓。まるでゴシック小説にでも出てきそうな造形の建物だ。

「これは……」

「先生に住んでいただく家です」

毛見は言った。

私は館に近付き、見上げた。入道雲を背景にした屋根は尖塔のように見える。窓は林の木木を映して揺れていた。

「一体、誰がこんなところにこんな洋館を建てたんですか」

「片喰鐵山《かたばみてつざん》です」

「かたばみてつざん……」

「中を御案内しましょう」

毛見は木製の重そうなドアの鍵穴に、真鍮《しんちゅう》製の大きな鍵を差し込み、回した。

ドアが開くと、外気より冷たい空気が頬を撫でた。一瞬、身震いがした。

中は広い空間のようだが暗くてよくわからない。足を踏み入れるのに躊躇《ちゅうちょ》した。毛見はかまわずに入り、すぐに明かりが灯った。

「先生に快適に過ごしていただくため、電気が通してあります。もちろんガスも水道も使えますよ」

そこはエントランスホールだった。吹き抜けの空間は、ちょっとした教会にでもいるような雰囲気だ。天井からは豪華なシャンデリアが吊り下がっていて、眩《まばゆ》く輝いていた。

「村の者総出で掃除も済ませました。先生が暮らすのに何の不自由もありません」

「ここに、住むんですか」

「そうです。ここに住んでいただくのが条件です。お気に召しませんか」

「いえ、ただ、思ってもいない成り行きなんで、ちょっと驚いてしまって……」

「いささか広すぎて扱いづらいところもあるかもしれませんが、慣れればなんとかなりますよ。こちらへどうぞ」

毛見に導かれるまま、二階へと進む。

「この階に部屋は全部で十一あります。でも先生に使っていただくのは、この部屋です」

通されたのは三十畳くらいはありそうな広い部屋だった。立派な机とクローゼット、それに天蓋《てんがい》付きのベッドまで置かれている。今まで私が住んでいた部屋より、ずっとずっと豪勢だった。

「他の部屋も案内しましょう」

スーツケースを置いて部屋を出た。隣の部屋は書斎だった。天井まである書棚に本がぎっしり収められている。どれも洋書のようだった。

「片喰鐵山というひとは、読書家だったんですね」

私が言うと、

「どうでしょうね。もしかしたら鐵山は、ここにある本を一冊も読んでいなかったかもしれません」

毛見は答える。

一階も見せてもらった。食事だけをする部屋があり、その隣には大きな台所もあった。真新しいコンロと冷蔵庫、電子レンジも置いてある。

「自炊はできますか」

「ええ、料理は得意なほうなので」

「よかった。食料は冷蔵庫とこちらの食料庫に入っています。生鮮品はその都度《つど》、町の者が届けるようになっています」

「至れり尽くせりですね」

皮肉ではない、感嘆の言葉だった。

「それだけ先生に期待しているということですよ」

続いてトイレや洗面所を案内され、その後で他の部屋にも連れていかれた。といっても私が使うことになっている部屋以外はどれもドアに鍵が掛かっている。

「これらの部屋は、開けないでください」

毛見の指示は、それだけだった。

ひととおり館の中を見た後、彼は私を外に連れ出した。

「こちらの庭も町の者で手入れして雑草などは取り除きました。しかし昔のように復元するまでには至っていません」

連れてこられた空き地には、枯れ枝を伸ばした低い木が何本か残っていた。

「かつてはここに、美しい薔薇《ばら》の園がありました。今はもう、すべて枯れ果てておりますがね」

無残な姿を晒《さら》す薔薇の木々の間を抜け、奥へと進む。雑木林が壁のように行く手を遮《さえぎ》るところまで来た。そこには洋館にはおよそ似つかわしくないものがあった。

私の身長くらいの高さの、石でできた鳥居《とりい》だ。その奥に高さ一メートルほど、切妻《きりづま》屋根を載せた木製の建造物がある。

「これは？」

「祠《ほこら》です」

毛見は鳥居の前にしゃがみ、手を合わせた。私も同じことをしなければならないような気がして、その場にしゃがみ込んだ。

「何が祀《まつ》ってあるんですか」

「片喰鐵山が信仰していたものです。しかしそれが何なのか、私は知りません。戻りましょうか」

再び館の中へ。エントランスに置かれている長椅子に並んで座った。

「先生はここで暮らして、見たこと経験したこと学んだことについて書いてください」

「それだけでいいんですか」

「ええ。それだけで結構です。先程も申しましたように衣食住の支援はいたしますし、報酬も差し上げます」

毛見は持っていた鞄からクリアファイルを取り出した。

「ここに契約書があります。この場で読んで、納得いただけたらサインをお願いします」

契約書と言ってもＡ４の用紙一枚しかなかった。片喰邸に住居し、古賀音町と館の見聞を深め、そこで知り得た知識を基に本を執筆すること。その援助は古賀音町が全面的に行うこと。期間は一年。しかし延長も可能だということ。執筆を終えてなお古賀音町に住みたいという意志があれば町は全面的に受け入れるということ。そして最後に作品完成時の報酬が書かれていた。

「……この金額、間違ってませんか」

「少ないですかな？」

「とんでもない。多すぎではないかと……」

「それだけ先生に期待しているということですよ」

毛見は先程と同じことを言った。

「サイン、いただけますかな？」

一瞬、頭の中で警報が鳴った。あまりにも話が美味《うま》すぎる。こんな屋敷に住まわせてもらって飲み食いも向こう持ちで、本を書いただけでこんなにも金がもらえるなんて。どこか契約書に抜け穴でもあるのではないか。

「美味い話には裏がある、とお思いですか」

毛見が私の心を見透かしたように言った。

「では、今日一日この契約書をじっくりとお読みください。その上で承諾していただけるようでしたら、サインをしてください」

渡された書類を、私は見つめた。

「わかりました。検討します」

そんな気などないのに、私は答えた。

「ひとつ、教えてください。片喰鐵山というのは、どんなひとなんですか」

「彼については、ここに書かれています」

毛見は鞄から持ってきた『古賀音町史』を取り出し、私に差し出した。

「これを読んでいただければ、わかると思います」

4

ひとり暮らしには慣れているつもりだった。東京の大学に入学してから、ずっと親元を離れている。最初に就職したときも、そこを辞めてバイト暮らしになったときも、小さなおんぼろアパートの一室にひとりで暮らしていた。炊事洗濯掃除に至るまで、全部自分でできるつもりでいた。

三年。たった三年だ。ひとりではない暮らしをしただけで、私のそうしたスキルは衰えていた。実際、明神から声をかけてもらうまで食事はすべてコンビニに頼り、洗濯物は溜め込み、掃除はろくにしなかった。完全な木偶《でく》の坊と化していたのだ。

しかし、ここに来て与えられた環境は、今までのものとはまるで違っていた。こんな立派な屋敷で自堕落な生活など許されないと思った。だから到着したその日から生活を改めることにした。

台所に入ると野菜を刻み肉を焼き米を炊いた。きっちりひとり分の食事を作り、広い食堂で食べた。食材は豊富で、まだいくらでも料理を作れそうだった。

食後に入浴を済ませると、与えられた部屋に戻って『古賀音町史』を読んだ。午後十一時を過ぎていた。

古賀音の歴史は古く、鎌倉時代に土地の豪族である古賀音氏によって開墾《かいこん》されたのが始まりらしい。「古賀音」は「黄金」から来ているものだと思っていたのだが、違うようだ。土地が肥《こ》えていたこともあって入植も進み、江戸時代には結構な数の住民がいたという。主な産業は農業、林業など。一部で養蚕《ようさん》もされていたようだが、あまり発展はしなかったと書かれている。

途中何度も寝落ちしかけながら読み進めた。正直なところ、たいして特徴もない町の歴史など読んでいても面白いことはない。私の関心は、この館の主《あるじ》についてだけだった。

片喰氏というのは古賀音の中でも最も裕福な一族だったらしい。江戸時代には庄屋として片喰庄右衛門《しょうえもん》という人物の名前が出てくる。彼は町の中央を流れる安納川《あのがわ》の治水に尽力し、人望が厚かったようだ。以後、片喰氏は古賀音の名士として代を重ねていく。

明治に入ると目立った産業もない古賀音は次第に衰退する。人口が減少しはじめ、町史の記述を引用すると「稲が枯れ、杉の葉が朽ちるように」凋落《ちょうらく》していったという。

そして昭和初期、片喰鐵山が現れる。彼は——。

ページをめくる。しかしそこには何も書かれていない。

次のページも、白紙だった。更に次のページ。やはり真っ白……いや、ページの右隅に黒い染みのようなものがあった。

その次のページにも、同じ箇所に染みがある。その次のページ、その次……とめくり続ける。そして、気付いた。

染みは少しずつ形を変えている。大きくなっているのだ。

私はページをめくり続けた。染みはゆっくりと大きくなり、それにつれて形も変わりはじめる。

人の姿に似ていた。髪の長い女の上半身のようだ。後ろを向いている。

まずい、と思った。これ以上は駄目だ。しかしそう思っているのに、私の指はページをめくり続ける。今や染みはページいっぱいに広がり、はっきりと人の形を取りはじめた。アニメーションだった。私がページをめくるにつれて、その女は少しずつ動き出す。ゆっくりと、こちらに顔を向けようとしている。

いけない。この女の顔を見てはいけない。頭の中で警告が鳴る。それなのに私の指は命令を聞かず、ページをめくる。

女が横顔を見せた。整った顔だった。鼻梁《びりょう》も唇の形も眼も、品良く端麗だった。なのに私は怯えていた。駄目だ。この女の顔を見てはいけない。見てしまったら……。

女はゆっくりとこちらに顔を向ける。口許が微笑《ほほえ》んでいた。その笑みまでが怖かった。

遂に正面を向いた。細面《ほそおもて》で、目許涼しく、唇と顎のラインも麗《うるわ》しい。髪は長かった。

ああ、と思った。美しいひとだ。見ているだけで魂を抜かれたような心地になる。先程までの恐怖が洗われたように消え、私は女性の顔を見つめた。女性も私を見つめている。

と、その瞳が潤《うる》みはじめる。そして目頭《めがしら》から一筋の涙が零《こぼ》れ落ちた。

――おねがい。たすけて。

彼女が言った。

――たすけて。

必死に助けを求めている。涙が後から後から溢れ出ていた。泣いている顔さえ美しかった。どうしてさっきまであんなに怖がっていたのか、自分でもわからない。今はただ、彼女の悲しみをどうにかしてやりたいという気持ちだけが私を突き動かしていた。

助けたい。でも何から？　でも、どうやって？

声にならない声で呼びかけた。彼女は苦しそうに首を振り、少しずつ小さくなっていく。待って。行かないでくれ。そう叫んだつもりだった。でも彼女には届かなかった。だんだん小さくなり、やがてそれは黒い点となって、最後に消えた。

私は泣いた。彼女を救えなかったことが悔しくて泣いた。どうしていいのかわからず、思いきり叫んだ。

その叫び声で、眼が覚めた。

私はベッドの中にいた。天蓋が朝の光を受けて淡く輝いている。頬が濡れていた。

起き上がると、胸元から本が一冊落ちた。『古賀音町史』だった。

昨夜読んだところを開いてみる。ページをめくっても白紙のページなどなかった。文章はずっと続いている。でも今は読む気にはなれなかった。本をテーブルに置き、ベッドから出る。

そのまま玄関に行き、ドアを開けると、ひんやりとした爽やかな空気が頬を撫でた。空は穏やかに晴れている。

足下を見ると、新聞紙に包まれたものが置いてあった。広げてみると、卵と牛乳、胡瓜《きゅうり》と人参が出てきた。

――生鮮品はその都度、町の者が届けるようになっています。

昨日、毛見が言ったとおりだった。誰かが持ってきてくれたらしい。それを持って中に戻る。

台所に行くと、サラダと目玉焼きを作り、牛乳を温め、パンをトーストした。できた朝食をテーブルに並べ、ひとり食べはじめる。

ひとりだけの気兼ねをしない食事は、ここに来るまで一ヶ月ほど住んでいた安アパートでのそれに比べると、まだよほど満ち足りたもののように思えた。まあ、あの頃はひとりになったばかりで何を食べても味気なく感じてしまったのだが。

ふと、三年間私の前に座って食事をしていた顔を思い浮かべた。笑っていた顔を思い出そうとした。でも頭に浮かぶのは、淀《よど》んだ空気を吸って心まで濁《にご》ってしまったような、不貞腐《ふてくさ》れた顔だった。

それは、昨夜見た女性の憂いに満ちた表情とは、まるで違うものだった。

気を紛《まぎ》らすために卵や牛乳を包んでいた新聞の記事に眼を通してみた。が、読んでいるうちにずいぶんと内容が古いことに気付いた。確かめてみると五年前の新聞だった。せめて新聞くらい新しいものを用意してくれてもいいのに。今度、毛見にそう要望してみよう。

朝食後、もう一度『古賀音町史』を開いた。やはり白紙のページも、染みも見当たらない。私は続きを読むことにした。

片喰鐵山は片喰家の当主ではなく、三男だった。彼は十五歳で家を出、東京の大学で学んだ後にアメリカに移住、その後いろいろな地を転々としたというが、詳細は書かれていない。昭和五年に帰国し、当時の古賀音村に戻ってきたときは、相当の資産を手にしていたらしい。その頃すでに家運傾き斜陽となりつつあった片喰本家とは対照的だった。鐵山は当主だった兄伸一郎《しんいちろう》とは折り合いが悪かったらしく、本家には住まず田方山山麓の地に大枚をはたいて近隣にはないような西洋式の館を建造し、そこに住み着いた。そして本人は日がな一日山に入り浸っていたという。

狩りをするでもなく山菜を採るでもない彼の行動を村民は怪しんだが、鐵山はひとりで田方山の調査をしていたらしい。その結果が昭和十年の金鉱脈発見に繋がった。鐵山は自らが掘りあてた金塊を村民に披露し、ここは金の山だと告げた。村民の多くが山に入って掘ってみた。多くは徒労に終わったが、幾人かは小さな金の塊《かたまり》を掘り出すことに成功した。鐵山の言葉は正しかったのだ。

その噂はたちまちのうちに日本全土に広がり、一攫千金を狙う者たちが古賀音に集まった。そして鶴嘴《つるはし》を振るって山肌に穴を穿《うが》ち、金を求めた。その熱狂は戦争が勃発しても続き、ついには軍までもが金の発掘に加わる。彼らは人海戦術で山を掘り、金を探しつづけた。しかし思わしい結果にはならなかったようだ。そのうちに戦況が悪化し、成果の出ない金発掘は見限られてしまった。戦争に負けた後は昔の噂を聞きつけてやってくる酔狂者以外は誰も田方山に関心は持たなくなってしまった。

そして当の片喰鐵山はというと、周囲の熱狂と落胆をよそに自ら建てた片喰邸に閉じ籠もり、悠々自適の生活を送ったらしい。そして終戦後の昭和二十六年に没している。以後、片喰邸は無人となり、そのまま捨ておかれた。

片喰鐵山に関する記述は、そこまでだ。

つまりは変人だったのだな、と私は結論した。財産を築く才覚はあったようだし、田方山の金を見つけた努力はたいしたものだと思うものの、その晩年はどうにも寂しい。

でも、と、私は自らを振り返る。私自身、彼と同じようにこの館にひとりだ。いや鐵山はさすがに使用人なども置いていただろうが、私は文字どおりひとりきりだ。金もない、人もいない、縋《すが》るものさえ何もない。私のほうがよほど寂しい変人だろう。

溜息をひとつ。私は『古賀音町史』を置くと外に出た。

昼近くになって陽差しは強くなっていたが、このあたりは不思議と空気が冷えていて、過ごしやすい。

庭に出た。枯れた薔薇の木が墓標のように並ぶ中を歩く。もしもここに永住できるのなら、この薔薇園を再生するのも悪くない。薔薇の栽培などしたこともないが、覚えればできるだろう。

私は色とりどりの薔薇の花が咲く庭を想像した。悪くない。その中を歩く自分を想像した。悪くない。私の隣には女性がいる。一緒に歩いている。悪くない。その柔らかな笑みに私は微笑みかける。すると彼女は……。

妄想は、そこで途切れた。私に微笑みかけてくれた女性の顔は、昨夜見た彼女のものだった。そのことに少し驚き、少し照れた。

それにしても、彼女は何者なのだろう。本当に存在しているのか、それとも幻に過ぎないのか。何もわからなかった。ただわかっているのは、私が彼女に惹かれているということだ。彼女は、どこにいるのか……。

5

持ってきたノートパソコンを机の上に置いた。

起動させている間、窓の外を見る。青々とした木々の葉が眼に眩《まぶ》しい。

この館にはさすがにインターネット回線はない。それに携帯電話も圏外だ。電話は繋がっているが、今どきのパソコンは電話線からネットに繋ぐようにはできていない。つまりこの館は、ネット環境的には絶海の孤島と変わらない。

数年前の私なら絶対に耐えられなかっただろう。インターネットと携帯電話が繋がらない場所になど一時だっていたくはなかった。常に誰かと繋がっている感覚を持っていたかった。

それが変わったのは、やはりひとりになってからだ。SNSでちょっとした揉めごとがあり、見知らぬ者たちから謂《い》われのない誹謗《ひぼう》中傷を受けた。いわゆる炎上というやつだ。きっかけは自分の不用意な発言だったが、鬼の首を取ったかのように他人を攻撃して面白がる連中の存在が厭《いと》わしくなった。だからここにくる前からネットにはアクセスしないようにしていた。

今、こうしてひとりきりでいると、ネットに繋げられないことを寂しく思う。だが、餓《う》えを感じるほど求めているわけでもなかった。むしろそうしたものから隔絶されていることの安心感みたいなものさえ感じている。

やはり私は疲れていたのだ。人間や情報や、その他もろもろに。ここでの暮らしは、そんな私を癒してくれるかもしれない。そしてまた創作の意欲を甦《よみがえ》らせてくれるかもしれない。

毛見から渡された契約書を広げた。読み返してみても、自分に不利な条件はなかった。むしろこんなにも優遇される契約など考えもつかない。

私は署名欄に自分の名前を書き込んだ。毛見が来たら、渡そう。そして期待に沿うよう頑張ると告げよう。

そうだ、期待されているものを書き上げよう。ここに住んで感じたこと見たこと聞いたことと考えたことを書いてみよう。それが完成して本になったら、自分の代表作になるような気がした。

エディタを立ち上げる。何か書いてみよう。この町に来て見たこと、思ったことを書き留めておくのだ。私はキーボードに手を置いた。

暑い。

私が眼を覚ましたとき、まず思ったのはそのことだった。
額から首筋から胸元から、ぬるい汗が流れているのを感じる。口の中はひどく渇いていた。
ディスプレイに文字が表示される。
自分のいるところを確認した。ベンチに座っている。目の前にあるのは電車のホームとおぼしき場所と、その向こうの青空。そして容赦なく照りつけている陽差しだった。どうやら自分がいる場所もホームらしい。ということは、電車を降りたのか。持ってきたスーツケースも傍らにあるるるるるるるるるるるるるるるるる
「る」の文字が次々と増えていく。私が打っているのだろうか。それとも勝手に文字が表示されるのか。
るるるるるるるるるるるるくるるるくるしいるるるるるたすけてるるる
やがて「る」が歪みだす。それは昆虫か何かのように蠢《うごめ》き、ディスプレイの上を這《は》いはじ

めた。

と、すべての「る」が集まって白い塊になった。それが今度はディスプレイいっぱいに広がり、画面が白くなる。私は眼を離すことができなかった。

真っ白な画面の中に、黒い点が浮かび上がる。ああ、昨夜と同じだ。きっとこの点は……。

点はゆっくりと大きくなり、形を変えはじめた。それは思ったとおり、女性の姿になった。

また会えた。私は心の中で声をかけた。あなたは、誰ですか。

女性は私を見つめた。涙が頰を伝う。

――おねがい。たすけて。

たしかにそう言った。

助けます。でも、どうしたらいいんですか。

すると女性の姿は白い画面に埋もれて消えた。かわって浮かび上がってきたのは、井桁《いげた》のような黒い形。

いや、井桁ではない。これは……鳥居だ。

今やはっきりと映し出された。鳥居と、その奥にある祠。

――たすけて。

彼女の声が聞こえた。

――たすけて。わたしはこのなかに……。

突然、激しい音が耳をつんざく。ディスプレイは一瞬で暗くなり、私は顔を上げた。

電話が鳴っている。ふらつく体を椅子の背《せ》凭《もた》れで支えながら立ち上がった。

電話の主は毛見だった。

――おはようございます。ご気分はいかがですか。

「悪い……いや、悪くないです」

――そうですか。昨日お渡しした契約書ですが、内容にご納得いただけましたか。

「……はい、署名を済ませました」

――それは結構。近々受け取りに伺います。それとひとつ、昨日お話しし忘れたことがありまして。

「何でしょう？」

――その館で暮らすときのルールです。難しいことじゃありません。

彼は言った。

――自分の行動には自分で責任を持つべし。それだけです。

6

私は庭に出ていた。

滅びた薔薇園を抜け、あの鳥居の前で立ち止まった。

鳥居の向こうには小さな祠がある。

身を屈めて鳥居を抜け——そうしなければならないような気がしたのだ——祠の前に立つ。

祠は木製だった。かなり古びている。壊れていないのが不思議なくらいだ。正面に観音開きの扉が付いている。扉は梵字《ぼんじ》のようなものが書かれた紙で封がされていた。

しゃがみ込み、扉を見つめた。

——たすけて。わたしはこのなかに……。

彼女はたしかに、そう言った。

助ける？　どうやって？　わかってる。どうすればいいのかわかっている。この扉を、開ければいいんだ。

手を伸ばした。指先が震えているのがわかる。

本当にいいのか、と心の隅で声がする。封印されているということは、何か善《よ》からぬものがこの中にいるということではないのか。

「かまうものか」

私は声に出して、言った。そして爪の先で封をしている紙を裂いた。

扉を、開けた。

中は、真っ暗だった。私はその闇を覗き込もうとして、
いきなり、吹き飛ばされた。

何かものすごい力を持ったものが、中から飛び出してきた。

私は後転するように転がり、鳥居に叩きつけられた。

「ぐっ！」

思わず声を洩らす。それでも、眼は開けていた。

飛び出してきたものは周囲の枯れ葉や枯れ枝を巻き込んで渦を作り、五メートルほどの高さまで立ち上った。

——おまえが、妾《わらわ》を解き放ったのか。

背筋が寒くなりそうな恐ろしい声が聞こえる。

——返事をせよ。おまえが妾の封印を解いたのか。

「……はい」

やっとのことで、それだけ言った。

と、渦は急に小さくなった。凝縮されたようだった。

——面白くない奴だな。

声色が変わった。

——まあよい。一応礼は言う。

次の瞬間、渦は更に小さくなった。そして私のすぐ近くにやってきた。

——ありがたく思え。おまえは今日から妾の手下だ。

「……てした？」

——思う存分使ってやるから、ありがたく思え。

「……あ、あんたは、誰なんだ？」

——妾に向かってあんた呼ばわりとは無礼な奴め。いいか、教えてやるからその名を肝に銘じよ。

小さな渦は、形を変えはじめた。人の姿のようだった。

彼女だ、と思った。やはり彼女はここにいたのだ。私は彼女を助けたのだ。

しかしその姿がくっきりとしてくるにつれて、違和感を覚えた。大人にしては小さすぎる。身長は一メートルそこそこといったところだろう。髪も短い。なにより、その顔は……。

いまや、その姿ははっきりと見えた。

「教えてやろう。妾の名は伏女《ふしめ》なり」

見たところ、六、七歳の幼女だった。おかっぱの髪、白い着物。白い草履《ぞうり》。いささか大きめの瞳が、私を見つめている。

「おまえの名は？」

「え？　あ、えっと……津久田舞々、です」

「まいまい？　面妖《めんよう》な名前じゃのう。まあよい。まいまい。今日からおまえは、妾の手下。しっかり礼を尽くせ。さもなくば」

伏女と名乗った幼女は、にたりと笑った。

「さもなくば、おまえを呪い殺す」

津久田舞々は裸足で逃げる

1

睡眠とは奇妙なものです、と教授は言った。

睡眠中の動物は完全に無防備です。敵が接近してきても逃げることができない。これは危機管理の観点から考えれば極めて問題のある状態です。自己の生命維持のためにあらゆる進化を遂げてきた動物が、なぜこんな危険な状態に陥《おちい》るのか。

だだっ広い講義室に教授の声だけが響く。

それは睡眠がこの上なく重要なことだからでしょう。動物は危険を冒してでも睡眠を取らなければならない。取らなければ死んでしまう。ではなぜ、睡眠を取らなければ死ぬのか。そもそも睡眠にはどんな効果があるのか。

教授は講義室をぐるりと見回し、そしてなぜか私に視線を合わせた。

君、答えてみなさい。なぜ動物に睡眠が必要なのか。

私はその問いかけに竦《すく》んでしまう。いきなりそんなことを訊かれても、どう答えたらいいのかわからない。そもそも、どうして自分がこんなところにいるのかもわからないのだ。

どうしました？　答えられないのですか。

教授が言葉を継ぐ。何か言わなければ。私は声をあげようとする。しかし喉の奥に何かが詰まっているようで、言葉が出てこない。

答えなさい。さもないと。

教授が私を睨《にら》みつける。

さもないと、君の命はない。

喉に詰まっているものを無理やり押し出す。それは魚の浮き袋のように細かい血管を持つ風船だった。腹の底から力を籠《こ》めると、風船は大きく膨《ふく》らみながら私の口を押し広げる。顎《あご》が外れそうなくらい口を広げ、大きな風船を吐き出そうとした。目の前に薄い膜がかかる。視界いっぱいに風船が膨らんだのだ。

もう少しです。頑張りなさい。

教授が励ました。私は最後の力を振り絞り、体中の息を吐ききる勢いで、それを――。

破裂した。

今までかかっていた圧力が一瞬で消え、逆に吸い込まれるような力を感じる。舌が喉が肺が胃袋が全部吸い出されていく。その勢いで私の体はくるりと裏返り、醜い内臓を曝《さら》け出した無様な姿となって講義室の床に転がる。

やれやれ、使い物にならない学生だ。

教授に言われ、私はたまらなく恥ずかしく思う。恥ずかしさに蒸気を吹き出しながら私の体は干《ひ》からび縮まっていく。

仕方がないですね。あとで片付けてもらいましょう。

そう言って教授は、朽《く》ちていく私をよそに講義を再開する。じつは睡眠がなぜ必要なのかについて充分に解明はされていません。疲労回復、成長ホルモンの分泌を促《うなが》す、記憶の定着、その他諸々《もろもろ》の理由があるといわれていますが……。

教授の声が小さくなっていく。いや、私の体が小さくなっていくのだ。これは眠りか。それとも死なのか。眠りと死は何が違うのか。そんなことを考えているうちに講義室は白い光に包まれ次第に形を失《な》くしていく。やがてすべてが白くぼやけ、声も形も消えて、

そして、眼が覚めた。

目の前が淡くぼやけている。まだ眼が覚めていないのか。何度も眼を瞬《しばたた》いて、それから気付く。天蓋《てんがい》だ。ベッドに掛かった紗《しゃ》の天蓋が視界をぼやけさせていた。

ゆっくりと起き上がる。蟬《せみ》の声が聞こえた。時計を確かめると七時十八分。ここで暮らすようになってから目覚めが早い。東京にいた頃はいつも昼過ぎまで寝ていた。

ベッドの縁《へり》に腰を下ろしたまま、先程の夢を思い返す。あの教授にはたしか、大学時代に講義を受けていた。だが彼はドイツ文学の教授だった。睡眠についての講義などしたことはなかったはずだ。ましてや夢になんて出てきたことは一度もなかった。

立ち上がり、パジャマを着替える。エアコンなど使っていないのに室内の空気は程よく冷えていた。

台所に行き、朝食の準備をする。たっぷりの生野菜を器に盛り、スクランブルエッグを作ってトーストを焼いた。

出来上がったものをテーブルに持っていくと、一枚の紙が置いてあった。すぐに昨日出しっぱなしにしたものだと思い出す。契約書の控えだ。もう一枚は昨夜、毛《け》見《み》町長が持っていった。

「これで契約成立ですな」

毛見は微笑《ほほえ》んだ。でっぷりした体を省エネスーツに押し込み、赤ら顔に黒縁眼鏡を載せ、鼻の下の髭《ひげ》が芋虫のように見えた。

「では、これからよろしくお願いしますよ。素敵なものを書いてください」

「その、書くものについてなんですが」

私はおずおずと言った。

「どんなものでもいいということですよね？」

「そうです。津久田《つくだ》先生がこの古賀音《こがね》の地に暮らしてインスパイアされたものなら、どんなものでもかまいません」

「それは例えば、ホラーでもいいわけですか」

「もちろん。そのために先生のようなホラー作家をお呼びしたんですから」

「でも、どうなんでしょうか。自分の住んでいる町を舞台にホラーなんて書かれたら、住民の方は気を悪くしないですか」

「とんでもない。みんな大歓迎ですよ。妖怪や幽霊を町おこしの主人公として使うのは、他の地域でも行われていることじゃないですか。それと同じです」

毛見は断言した。

あのとき、もう少し突っ込んで尋ねるべきだったのか。自分で作った朝食を食べながら、私は思った。フィクションではなく、本当に起こった怪異について書いてもいいのか、と。

食事を終えて片付けものをした後、庭に出る。枯れ枝だけになった薔薇《ばら》園を抜け、雑木林との境界に来た。

そこには洋風の建築物とは似つかわしくないものがあった。石で出来た鳥居《とりい》だ。高さは二メートルもない。

鳥居の向こうには一メートルほどの高さの建造物がある。重そうな切妻《きりづま》屋根を載せ、風雨に晒《さら》された木製の扉は黒ずんでいる。毛見はこれを「祠《ほこら》」と呼んだ。この館の主だった片喰《かたばみ》鐵山《てつざん》が信奉していたという。

その前にしゃがみ込む。扉には梵字《ぼんじ》のようなものが書かれた紙製の帯が貼り付けられていた。封印だ。今、その封印は破られている。破ったのは、私だ。

息を吸い、吐く。その動作を何度か繰り返して気持ちを落ち着けた後、思いきって扉に手をかけた。そして、開ける。

中には石で出来た仏像の台座のようなものが据えられている。しかしその上には何も置かれていなかった。

携帯電話を取り出しライトを灯すと、祠の中を照らしてみた。台座の後ろの内壁にも何か紙が貼り付けられていて、何か書いてある。私は顔を近付けて、その文字を読んでみた。


【日月火木無き教え、その一に五を合わせ捺《お》すべし】


何度か読み返したが、読みかたに間違いはない。ただ、意味がまったくわからなかった。

私は祠から離れた。長くしゃがんでいたので、少し立ちくらみがする。鳥居の柱に凭《もた》れかかって眩暈《めまい》を堪《こら》えた。

揺れる意識の中で、私は思った。謎の一文はともかく、この前の出来事は何だったのだろう。祠から出てきたあの――。

「妾《わらわ》のことか」

不意に声をかけられ、私は思わず振り向く。とたんにまたひどい眩暈に襲われた。立ちくらみから回復していないのに急に頭を振ったせいだ。視界が歪み、ぼやける。

その視界の中央に、人影が映った。

あの少女だ。

「おまえは本当に腑《ふ》抜《ぬ》けよのう。足許も覚束《おぼつか》ないではないか」

おかっぱの髪に白い着物。草履《ぞうり》も白ければ肌も白い。幼いながらに整った顔立ちだ、その口許には意地悪そうな笑みが浮かんでいる。

「あんたは……誰だ？」

鳥居に縋《すが》りついた格好のまま、私は言った。

「一体、誰なんだ？」

「この前名乗ったはずだが。もう忘れたか。どうやら頭の作りも悪いとみえる」

少女はこちらに近付いてくる。後退《あとずさ》りしようとしたが、背後は鳥居の柱だ。

「もう一度名乗ってやる。妾の名は伏女《ふしめ》。よく覚えておけ」

「名前じゃない、あんたは何者なんだと訊いてるんだ」

「何者か、だと？　ずいぶんと無礼な口の利きようだな。鐵山が聞いたら肝を潰すぞ」

「てつざん？　片喰鐵山のことか」

「そうだ。あの男は妾を心底敬い奉《うやま》ったぞ。よほど妾のことが恐ろしかったとみえる」

伏女と名乗った少女は私の前に立った。

「おまえも言葉を慎《つつし》め。そして妾の手下として礼を尽くせ。取り殺されたくなければな」

「殺すって、どうやって……」

「さあ、どうしようか。死にかたくらい選ばせてやってもよいぞ。首を縊《くく》らせるか。自らの体を膾《なます》に切り刻むか。それとも体を裏返して朽ち果てるか」

体を裏返す……今朝見た夢を思い出した。いやだ。あんな無様《ぶざま》な死にかたはしたくない。

「やめてくれ……死にたくない……」

恐ろしさに涙が止まらない。

「頼む、殺さないでくれ……」

「浅ましい奴だ。大の大人が泣きじゃくるか」

伏女は軽蔑するように嗤《わら》った。

「死にたくなければ、妾に従え。さすればおまえの惨《みじ》めな生も少しは長らえよう」

「何を……何をすればいいんだ？」

「そうさな。まずは供物《くもつ》だ。山海の珍味と金銀財宝。すぐさま妾に供えよ」

「山海の珍味……胡瓜《きゅうり》とか茄子《なす》とか？」

「盆の精霊馬《しょうりょううま》ではないぞ。もっといいものはないのか。鯛とか鮑《あわび》とか松茸とか……と……と、なんとか言ったな。西洋の珍味」

「と……唐辛子」

「馬鹿者。あんな辛いもの誰が欲しいか。ほれ、豚が掘り出すとかいう、あれだ」

「豚……ああ、トリュフ」

「それだそれ。とりゅふなるものもいいな。そういうものはないのか」

「無理だ。この町に普通にあるものしか用意できない。胡瓜とか茄子とか」

「盆から離れろ。とにかく何でもいいから持ってこい。妾は気が短いぞ。ぐずぐずしているとおまえの命を取るからな」

「わかった。待っててくれ」

私は館へと駆け込み、台所から食料を手当たり次第持ち出して戻った。

「これで、これでいいか」

伏女は私が両手に抱えた野菜や果物や米袋をしげしげと見つめ、

「しみったれたものばかりだが、まあいい。それよりおまえ、その供物をどうする？」

「どうするって、ここに供えようと……」

「つくづく愚か者よのう。地べたに直接置くなど不浄であろうが。祭壇を用意せい」

「祭壇なんて、そんなものないってば」

「なければ作れ！　この阿呆が！」

伏女に一喝され、私は慌てて供え物を抱えたまま館に戻った。

散々迷った挙句《あげく》、台所にあったワゴンに白い布を被せて形ばかりの祭壇を作り、そこに供え物を置いて運んだ。

「やればできるではないか」

伏女は満足そうに言った。よかった、どうやら気に入ってもらえたらしい。

「金銀財宝はないのか」

「だから無理を言わないでくれ。私はしがない小説家なんだ。そんなものを持ってたらこんなところには来ない」

「こんなところとは不逞《ふてい》な言い草だな。その一言だけでも万死に値するぞ」

「悪かった。でも本当に金も財宝も持ってないんだ。信じてくれ」

「ならいたしかたない。これで我慢してやるから、さっさとやれ」

「やれって、何を？」

「供物を捧げる儀式だ」

「儀式って、どうやって……」

「おまえ、本当に小説家か。そんなことも知らずによく生きておるな」

伏女は吐き捨てるように言う。

「そんなこと言われてもなあ。やりかたを教えてくれ」

そう言い返すと、伏女は虚を衝《つ》かれたような表情になり、

「やりかたとな……それは、まあ、何か祈れ」

「は？」

「祈れ。祝詞《のりと》でも念仏でも何でも唱えろ」

急にぞんざいになる。

「もしかして、あんたも知らないのか」

「馬鹿な。知らぬわけがないだろうが。ただ、おまえに合わせておるだけだ。好きな形でやれ。さあ、早くやれ！」

伏女はまた怒りだす。取り殺されてはかなわないので両手を合わせ、子供の頃に祖父に教え込まれた般若心経を唱えた。

「摩訶般若波羅蜜多心経《まかはんにゃはらみったしんぎょう》……」

ところどころ記憶の怪しい箇所は誤魔化しながら、それでも一生懸命唱えつづけた。

しばらくしてから薄目を開けてみた。伏女はふんぞり返った格好で立っている。黙って経を聴いているのかと思ったら、眼を閉じてうつらうつらしている。

「なんだ、寝てるのか」

そう言ったら、慌てて眼を開け、

「ば、馬鹿な。おまえの下手な祝詞に呆れておっただけだわい」

と、言い返す。

「祝詞じゃなくて経なんだが」

「細かいことを気にするな。雑輩《ざつぱい》が」

機嫌が悪そうだ。あまり追及しないことにした。

「得阿耨多羅三藐三菩提《とくあのくたらさんみやくさんぼだい》……」

さらに般若心経を続けようとすると、

「もういい。聞き飽きた」

いきなり言われた。

「もう、いいのか」

「いい。おまえの忠義の心はわかった。ところでおまえは、なぜこの館におるのだ？」

「それは仕事で……」

「仕事？　館の番人でも申しつけられたか」

「そうではなくて、その……」

ここに来るまでの経緯を話すことになった。

「なるほど、食いっぱぐれた挙句、甘言に乗せられて、この館に住み込んだわけか」

「食いっぱぐれてなどいない。ただ、新しい小説のヒントになればと思って……」

「言い訳はいい。それにしても胡散《うさん》臭い話だな。おまえ、町長とやらのことばを真に受けておるのか」

「どういう意味だ？」

「館に住んで町のことを小説に書くなどと、そんなことで金が貰えるというのが本当のことだと思うのか」

「それは……たしかに美味《うま》すぎる話だとは思うが……しかし……」

「背に腹は替えられん、か」

伏女は図星を指してくる。返す言葉がない。

「まあよい。おまえがどうなろうと妾には痛くも痒《かゆ》くもないことだからな。それで、どんなものを書くつもりだ？」

またも答えられない問いを投げかけてくる。書くとしたら何よりもまず、目の前の奇妙な少女のことを書くしかない。しかし下手に「あんたを書く」などと言ったら、伏女を怒らせることになりはしないか。もう少し彼女のことを知るまで、へそを曲げられないようにしなければならない。

「まあ、それはおいおい考えるよ」

当たり障《さわ》りのないことを言っておいた。

「さっきの質問に戻るが、あんたは一体、何者なんだ？　なぜ祠の中にいたんだ？」

「知りたいか」

「ああ、知りたい」

「ならば教えてやろう。妾は塞の神だ」

「さいのかみ？」

「今はこの館の守り神だ。館を災いから守り、子孫繁栄を約束する者だ。片喰鐵山は妾を敬い信奉したぞ。だからこそあんなにも財力を得ることができたのだ」

「でも結局、片喰の家は途絶えて子孫も残らなかったんじゃないのか」

私が指摘すると、伏女は虚を衝かれたような表情になって、

「そ、そんなこと……あるわけが……」

「しかし『古賀音町史』には、そう書いてあるぞ。片喰家の血統は昭和の終わりと共に途絶えたと。結局子孫繁栄できなかったんじゃないのか」

「それはだな……だから……」

明らかにうろたえている。私は調子に乗って、さらに追及した。

「そもそも、どうして守り神が祠に封印されてたんだ？　おかしいじゃないか」

「う……うるさいっ！」

伏女が大声で喚《わめ》いた。

「うるさいうるさいうるさいうるすあいうるすあいいいいっ！」

叫び声と共に彼女の体も歪みはじめる。熱い飴のように伸びて広がり、私に襲いかかってきた。

「うわああっ！」

私は思わず悲鳴をあげる。伏女は意味不明の音声《おんじょう》をあげる巨大な化物となって覆い被さっ

てきた。逃げ出そうとしたが足がもつれて転んでしまう。

起き上がろうとするより早く、化物は私を取り込んだ。何かわけのわからないものに絡め捕られ、身動きができなくなる。

「た……助けてっ！　悪かった！　もう言わないから、頼むから助けてくれっ！」

息が詰まりそうな苦しさに悶えながら、私は叫んだ。

ふと気付くと、息苦しさが消えていた。体の自由も戻っている。起き上がると、先程と同じように伏女が立っている。

「肝に銘じておけ」

彼女は言った。まだ怒っているようだ。

「二度と封印のことは言うな」

「……はい」

頷くしかなかった。

2

ごとん、と音がする。

気が付くと、持っていたはずの本を床に落としていた。

「おっと」

慌てて拾い上げ、傷をつけていないか調べてみる。大丈夫だったようだ。私はその本――『古賀音町史』を机の上に置いた。

「お疲れですかな」

不意の声に飛び上がりそうになった。

毛見が、目の前に立っている。

「……いつから……？」

「すみません、勝手にお邪魔しました」

彼は被ってもいない帽子の鍔《つば》に手を宛がうような素振りをしてみせる。

「もう、町史はお読みになりましたか」

「あ、はい、一応は」

「何か作品のヒントになるようなものがありましたか」

「ええ、まあ……」

言葉を濁《にご》さずにはいられなかった。

「何か問題でも？」

すかさず毛見が突っ込んでくる。

「この本のおかげで古賀音町のことがよくわかりました。それはいいんですが、小説のネタになるかと言うと……正直、辛いですね」

「見つかりませんか」

「いや、見つかったといえば見つかりました。片喰鐵山のことです。彼の伝記小説なら書くことも可能かもしれません。でも……」

「でも？」

「でも、それは私のような作家のすることではない。私はホラー作家です。この世ならぬ怪異を文章にすることを仕事にしています。もしも『片喰鐵山伝』みたいなものを所望されているのであれば、私は適任ではないです」

自分から仕事を失うようなことを言ってしまった。しかしこれは正直な気持ちだ。

「私も、津久田先生にそんな小説を望んではいませんよ」

毛見は言った。

「ホラー作家である先生には、その資質を生かしたものを書いていただきたい。そういう材料もすでに手にしているのではありませんかな？」

その言いかただと、伏女のことを知っているかのように聞こえる。もしや……。

「じつはですね――」

と言いかけたとき、

「ああ、結構です結構です」

毛見は私の言葉を遮《さえぎ》った。

「今ここでネタを聞いてしまったら興味が半減してしまう。それは後の楽しみに取っておきましょうか。それよりも、ひとつ参考になる話をいたしましょう」

そう言うと、毛見は私たちがいる書斎内を見回して、

「じつは『古賀音町史』よりも参考になりそうな本があります」

「何ですか」

「片喰鐵山の回顧録です。彼自らが自分の半生について書いているのですよ。その本には町史などには書かれていない鐵山の秘密が明かされているそうです」

「そんな本があるなら、読んでみたいですね」

「私もです。私も読んでみたい」

「え？　読んでないんですか」

「読むどころか、眼にしたこともありません。存在するという話は聞いたことがあるのですが、どこにあるのかわからないのです」

「それじゃあ意味が――」

「探してみませんか」

毛見は言った。

「もしかしたら、この館のどこかに隠されているかもしれません」

「どこかに、ねえ」

私は書架に詰め込まれている本の山を眺めた。この中にあるのなら、手間隙《てまひま》さえかければ見つけられるだろう。しかし本だからといって必ず書架に置かれているとは限らない。

「書斎以外に隠されているかもしれませんね。他の部屋、鍵の掛かっている部屋も探させてもらえませんか」

「それは、できかねます」

彼は即座に言った。

「鍵を掛けている部屋は、然《しか》るべきときが来なければ開けられませんので」

「然るべきとき、というと？」

「それは自《おの》ずからわかることです」

毛見は意味ありげに言った。

「ところで津久田先生、町のほうには行かれてますか」

「ああ、それはあんまり……」

たいして面白いものはなさそうなので、とは言えなかった。

「たまには足を伸ばされるといいですよ。今は夏祭りの準備をしている最中です。町にも少しばかり活気が出てきていますからね」

「はあ……では、そのうちに」

曖昧《あいまい》に答えるしかなかった。

毛見が帰った後、私は彼が言った片喰鐵山の回顧録について考えた。鐵山という人物については興味を惹かれるものがある。もしかしたら、あの伏女のことなどについても書かれているかもしれない。少なくとも素っ気ない事実の記述しかない町史よりは面白そうだ。

しかしそんなもの、どこにあるというのだろう。

まずはここから探してみるとするか。私は立ち上がり、書架の本を一冊ずつ確かめてみることにした。

これが意外に手間のかかる作業だった。書架に収められている本は、ざっと見ただけで千冊近くある。その一冊一冊をチェックしていくのは結構大変だ。しかし、やると決めた以上、やるしかなかった。備えつけられている脚立《きゃたつ》を使って上の段から探しはじめた。

あらためて見てみると、書架に収められている本は種々雑多だった。洋書も和書も区別なく、著者別でもジャンル別でもなかった。ただ見映えだけはよくなるように並べられている。前に毛見が「もしかしたら鐵山は、ここにある本を一冊も読んでいなかったかもしれません」と言っていたのも、あながち間違ってはいないように思えた。鐵山は本を部屋の装飾品として扱っていたようだ。

そんなことを考えながら一冊抜き取っては中身を確認し、違っているとわかれば元に戻す。

そんなことを繰り返した。三十分も続けていると、いいかげん疲れてくる。少しばかり眩暈もしてきた。

少し休もうと脚立を降りようとした。そのとき、最後の一段を踏み外した。あ、と思う間もなくバランスを崩し、床の上に転がり落ちた。後頭部を打ちつけ、一瞬意識が飛ぶ。

そして気が付くと、あたりは暗くなっていた。私は外にいるようだ。虫の声が聞こえる。薄雲のかかる満月が空にあった。その下に枝を広げた大きな木がある。月明かりが屋根瓦を濡れたような色に輝かせていた。

屋根瓦……家があるのか。さらに視線をずらす。屋根の下には海鼠壁《なまこ》というのだろうか、瓦を漆喰《しっくい》で貼り付けた壁がある。家というより土蔵のようだった。

私はその土蔵が妙に気になった。あそこに何かがある。大事なものが納められている。行かなければ。起き上がろうとした。

「無様よのう」

嘲《あざけ》りの声が聞こえた。

「おまえの足りぬ頭が、さらに悪くなるぞ」

私は床に仰向けに倒れていた。書斎の中だ。

伏女が私を覗き込み、嗤っていた。

「ほっといてくれ」

痛む頭を撫でさすりながら半身を起こす。

さっきの情景、あれは何だったのだろう？　あの土蔵は……。

「何を探していた？」

伏女の問いかけが、私の思考を断ち切った。私は痛みを堪えながら答えた。

「回顧録だよ」

「かいころく？」

「片喰鐵山が自分の半生について書いた本だ」

「ああ、あれか」

得心したように頷く。

「知っているのか」

「知っておるとも。妾のことも出てくる」

やはりそうか。

「その本、どこにあるんだ？」

「知りたいか」

「ああ、知りたい。教えてくれないか」

「教えてやらんこともないが……」

勿体《もったい》ぶったように言葉を切る。そして、

「在《あ》り処《か》を教えてやるかわりに、妾の言うことを聞け」

「何を、させるつもりだ？」

私は思わず身構えた。

「怯えるな。探してきてほしいものがあるだけだ」

「何を？」

「浅葱の壺だ」

「あさぎのつぼ？　何だそれ？」

「妾にとっては大事なものだ」

「どこにある？」

「わからん」

「わからんって、それじゃ探しようがないだろう。せめてどんなものかくらい教えてくれ。浅葱というからには浅葱色をしているのか。大きさは？　この館の中にあるのか」

「何ひとつわからん」

伏女は素っ気なく言った。

「おまえが調べて、探し出せ」

「そんな無茶な。情報が足りなすぎる」

「知ったことか。浅葱の壺を見つけなければ、おまえの欲しいものの在り処も教えるわけにはいかん。せいぜい頑張って探し出せ」

そう言うと伏女は、ぷいと消えてしまった。

「あ、待ってくれ」

私は慌てて起き上がり、後を追おうとする。しかしもう伏女の姿はなかった。

「……どういうことだ？」

名前しかわからないものを探し出せとは、文字どおり雲を摑むような話だ。私は途方に暮れてしまった。

3

古賀音町役場には中年の女性職員ひとりしかいなかった。

「あさぎのつぼ？」

女性は小首を傾げる。

「何ですか、それ？」

「あ、いや、そういうものが古賀音にないかなと思って」

もう一度古賀音町史を調べてみたが、浅葱の壺なるものについての記述はなかった。

「町の文化財とか、そういうものについての資料はありませんか」

「文化財なんて」

女性は鼻で笑った。

「この町にそんなものがあるとしたら、先生が住んでるあのお屋敷くらいのものですけどね」

「鎌倉時代から続く町なんだから、もう少し何かありませんか」

「古いだけでねえ、あんまり文化とかそういうものには縁のない土地柄だったんですよ。町長さんなら、何か知ってるかもしれないけど、生憎《あいにく》と今日は出張でね」

「他に誰か、昔のことに詳しいひとはいませんか。郷土史家とか」

「そういう趣味のひとは聞いたことがないですねえ」

「じゃあ骨董品を集めているようなひととか、資産家とか」

「そういうひとも……あ」

何か思いついたようだった。

「栂《とが》さんとこなら、もしかしたら」

「栂さんというと？」

「趣味でいろいろ集めてるって聞いたことがあります。そのひとに訊いてみたら？」

栂という人物の家を教えてもらった。町役場を間に挟んで、片喰の館とは反対方向にあった。礼を言い、役場を出た。

今日も陽は燦々《さんさん》と照りつけていた。念のために水筒を持ってきて正解だったな、と思いながら歩きだす。

相変わらず人通りの少ない町だった。家はそこそこあるのに、人の気配が感じられない。畑にも人の姿はなかった。

水筒の水を少しずつ飲みながら、傾斜のある道を歩いた。蟬の声が鼓膜に沁《し》みる。十五分ほど歩いて、目当ての家に辿り着いた。平屋建ての古びた民家だ。生垣で囲まれた広い庭には畑が作られ、青々とした葉が繁っている。どこからか鶏《にわとり》の声も聞こえた。そしてここにも人の姿はない。

少し臆しながら庭に入り、玄関の前に立つ。表札には「栂」という一文字しか書かれていない。

「すみません」

声をかけてみる。予想したとおり応答はない。もう一度声をかけた。

「ごめんください。栂さん、いらっしゃいますか」

やはり駄目か。諦めて帰ろう。そう決めて踵《きびす》を返した。そして、息を吞んだ。

背後に老婆が立っていたのだ。

「誰だね？」

訝《いぶか》しげな表情で老婆が訊いた。藍染めの飛白《かすり》にもんぺ、手拭いで頰被《ほっかむ》りをして長靴を履いている。大きな竹籠を背負い、手には鍬《くわ》を持っていた。

「あ、あの……」

咄嗟《とっさ》のことに口籠《くちご》もってしまう。

「見かけない顔だが、町のひとかね？」

「はい、いや、いえ……最近、こちらに来た者です。今は片喰鐵山の館に……」

「ああ、鐵山さんのところに住むという東京の作家さんかね。話は町長から聞いとるよ」

老婆は表情を緩めた。

「町のために尽力してくださるそうじゃてね。みんなありがたいと言っとるよ。まあ、上がりな。茶でも出すし」

断る間もなく、家に上げられた。中もずいぶんと古い作りで、通された部屋の中央には囲《い》炉《ろ》裏《り》が切ってあった。

畏まって待っていると、老婆は盆に麦茶を入れたグラスを載せて戻ってきた。

「暑かったじゃろ。これでも飲んで」

「ありがとうございます」

水筒でこまめに水分を補給していたので喉は渇いていなかったが、冷えた麦茶は美味かった。

「この町はどうかね？　ええところじゃろ？」

老婆が訊いてくる。

「都会の者には不便かもしれんが、住めば都だて」

「そうですね。いいところです」

話を合わせておくことにした。

「ところで栂さん……あ、栂さんですよね？　こちらのご家族は他にどなたが？」

「わしひとりしかおらんよ。五年前に連れ合いが死んでね。子供たちは町から出ていってひとりも残っとらん」

「そうでしたか。ところで——」

「この町も寂しくなった」

私の言葉を無視して、老婆は喋りだした。

「昔は子供もたくさんおって、賑やかだった。正月も盆も大勢人出があってな。若々しかった。それが今では年寄りばかりだ。この町も火が消えたようになってしまった。だからこそ、あんたみたいな都会のひとの力を借りて、もう一度あのときみたいな賑わいを取り戻したい。頼むわ、力を貸してくだされや」

老婆は深々と頭を下げる。

「あ、いや、そんなことされなくても」

私は恐縮してしまう。

「私はただ、この町で小説を書くためだけに来たわけでして……」

「それでええ。それでええんじゃ。よろしゅう頼む」

さらに深く頭を下げられ、どうしていいかわからなくなった。

「あの、その……あ、そうだ。お伺いしたいことがあるんですが」

「何かね？」

「こちらに浅葱の壺というものはありませんか」

「あさぎの……つぼ？　はて……」

老婆は首を傾げる。

「こちらには趣味でいろいろ集められたものがあると役場で聞いてきたんですが」

「ああ、それは死んだ連れ合いが集めたもんだ。掛軸とか皿とか茶碗とか、古いものを集めるのが好きな男でな。おかげで……あ、いや、たしか壺みたいなものもあったと思うが」

「それ、見せていただけませんか」

「別にええよ。みんな蔵にしまってあるがな。見てみるかね？」

「はい、是非」

老婆は頷き、私を家の裏手へと案内した。

樹齢を重ねた大きな楡《にれ》の木が枝を伸ばしていた。その向こうに土蔵が建っている。瓦葺きの屋根に海鼠壁。重々しい姿だ。

「これは……」

私は思わず立ち竦む。

あのとき、書斎で脚立から転げ落ちたときに見た光景そっくりだった。

「どうかしたかね？」

「いえ……」

曖昧に答えながら、内心では確信していた。ここに求めるものがあるに違いない。

老婆が鍵を開け、扉を開いた。埃《ほこり》臭い空気が漂ってくる。中は真っ暗だった。それが不意に明るくなる。老婆が照明のスイッチを入れたらしい。

蔵の中は二階建てになっていて、中には種々雑多なものが積み上げられていた。行李《こうり》や木箱、古びた箪笥《たんす》などもある。

「これは……壮観ですね」

「連れ合いが若い頃からせっせと集めたもんだて。わしにはとんとわからんものばかりだけどよ」

この中を探すとなると、また一苦労だ。しかもこちらは「浅葱の壺」という名前しか知らないのだ。

しかし、やらなければならない。

「中を探させていただいていいですか。もちろん収蔵品に傷を付けないようにしますので」

「それがあんたの仕事のためになるのかね?」

「たぶん、いや、間違いなく」

「ならええよ。好きに見てやって」

承諾を得て、私はさっそく調べることにした。壺が入っていそうな木箱を取り出しては中身を確かめる。それを片っ端から始めた。

最初に開けた箱には皿が入っていた。その次は香炉。次は壺だったが、白磁のものだった。浅葱色とは言えない。

次から次へと箱を開けては戻していく。その作業が延々と続いた。土蔵の中は外よりは涼しかったが、それでも体を動かしていると滝のように汗が流れた。

どれだけ続けたか、一階の収蔵品の半分ほどを調べ終えたとき、不意に力が抜けた。

本当にここにあるのだろうかという疑念が湧いてきた。確証はあったつもりだが、今となっては自信が持てなくなっている。そもそも浅葱の壺とはどんなものか、わかっていないのに探すというのは無理がある。もしかしたらこれまで検分した中にあったのに気付いていなかったかもしれない。そう思うと自分のしていることが徒労に思えてきた。

外はもう暗くなっている。切り上げようかと思った。

「精が出るね」

老婆がやってきた。

「でももう遅い。飯を炊《た》いたで、食べんかね」

そう言われたとたん、空腹を感じた。

「ありがとうございます。いただきます」

土蔵を出て、家に入った。先程通された部屋に夕食の支度がされていた。

「年寄りのひとり暮らしでたいしたものはないけど、飯だけはたくさん炊いてある。腹いっぱい食べてくれや」

鯵《あじ》の開きを焼いたものと野菜の煮物、味噌汁と漬け物という質素な献立だった。しかし老婆が言うとおり、飯櫃《めしびつ》には炊きたての飯がたっぷりあった。その匂いが食欲をそそった。

「いただきます」

私は飯を掻き込んだ。気が遠くなるほど美味かった。おかずは合いの手程度に口に入れ、ひたすら飯だけを詰め込んでいった。

「やっぱり若い者は食いっぷりがいいねえ」

老婆はにこにこしていた。

「食い終わったら、風呂に入るといい。汗かいたじゃろ」

勧められるまま、食後は風呂を使わせてもらった。汗を流すと気持ちが晴れやかになった。毎日風呂は欠かさないのに、なぜか数日ぶりに入ったかのような爽快感だ。

風呂から上がると、着替えが用意されていた。

「連れ合いが着とった浴衣だで。使って」

「ありがとうございます。お言葉に甘えさせていただきます」

糊《のり》の利いた浴衣に袖を通す。気持ちよさに眠気を催してきた。

「今晩は、ここに泊まっていくといい。寝床は用意したで」

まるでこちらの気持ちを察したように、老婆は言った。

「いや、それは……」

「遠慮せんでええ。まだ蔵の調べは終わっとらんじゃろ。明日また朝から始めるとええ」

そう言われると、そのほうがいいような気がしてくる。

「……では、そうさせてもらいます」

奥の間に布団が延《の》べてあった。眠気に抗しきれず、潜り込む。明かりを消すとすぐに意識がなくなった、はずだった。

それが不意に眼を覚ました。

あたりは真っ暗だ。腕時計で時刻を確認したくても、文字盤が見えない。

……ん　　……りん
どこからか、物音が聞こえてきた。

……りん　　……ぱりん
何か、固いものが壊れるような音だ。私は体を起こした。

……ぱりん　　　　　　　　　……ぱりん

布団から抜け出す。音は右のほうから聞こえてくる。いけない。心の中で警報が鳴る。その音のことを気にしてはいけない。しかし耳は次の音を追う。

……ぱりん　　　　　　　　　……ぱりん

我慢の限界だった。私は障子戸を開けて縁側に出た。

中庭を挟んで反対側、明かりの灯る部屋があった。電気の照明ではない。あの揺れ具合からすると蠟燭《ろうそく》のようだ。

……ぱりん　　　　　　　　　……ぱりん

音は、その部屋から聞こえてくる。縁側を回り込んで、音のする部屋に近付いた。例の壊れる音に混じって、人の声もする。ただ何を言っているのかわからない。心の中の警報は鳴りつづけていた。すぐにこの場から離れろ。決して中を覗くな。しかし私の体は警告に抗するように動いた。手が障子戸に掛かる。そして、引いた。

眼に入ったのは、炎を揺らす三本の蠟燭だった。その明かりに照らされて室内が浮かび上がる。土間のようだ。竈《かまど》も見える。

人がひとり、立っていた。後ろ姿なので顔はわからない。だが、あの背格好はこの屋敷の主である老婆に違いなかった。疲れているのか、それとも怒っているのか、肩で息をしている。

片隅に積み上がっているのは、皿や花瓶のような陶磁器類だった。そのひとつを手に取ると、老婆は両腕を大きく振り上げ、振り下ろす。

ぱりん。

地面に叩きつけられた皿が割れた。

「…………」

老婆は何か呟いている。呪文のように聞こえた。またひとつ、手に取った。壺だった。

まさか。あれがもしかして浅葱の壺では？

無意識に力を入れていた。障子戸が音を立てて開いてしまう。

しまったと思ったときには遅かった。老婆は音に気付き、こちらを向いた。

喉の奥から声が洩れるのを抑えることができなかった。老婆の形相が変わっていた。

「あんたか」

声もくぐもっている。

「あんたに見つけられる前に、こうしてしまおうと思ったに」

「な……なぜ？」

そう問いかけるのが精一杯だった。

「あのろくでなしが身上《しんしょう》潰してまで掻き集めたこれらの品々、憎くて憎くてたまらん。日の目を見させるくらいなら、いっそこの手で壊してやろうとな」

「やめて、やめてください。勿体ない」

「勿体ないじゃと？　おまえもこんながらくたをありがたがるか。この、穀潰《ごくつぶ》しが！」

そう言うなり、手にしていた壺をこちらに投げつけてきた。

「うっ！」

避けることもできず、壺は私の胸に当たる。

「これまで土蔵の中に仕舞い込んで忘れようとしておったのに、なぜ思い出させた。わしも子供らも、おぬしが散財したせいでどれだけ苦労させられたか……許さん！」

老婆は竈近くにあったものを手に取ると、仁王立ちする。それは蠟燭の炎を照らして冷たく光った。包丁だ。

「どうして……どうして帰ってきた！　大人しく冥土におれ！　もうわしにかまうな！」

「ち、違う！　私はあんたの亭主じゃ――」

言い終える前に老婆は包丁を振りかざして襲いかかってきた。

「ひっ！」

老婆の動きが鈍《にぶ》かったのが幸いした。私は最初の攻撃を避け、そのまま脇に抜けて外に飛び出した。

「待て！　待たんか！」

声に振り向くことなく、裸足《はだし》のまま駆けだした。

電灯はおろか月もない夜は、道さえもはっきりとわからない。どこへ逃げればいいのか。

——右だ。

不意に声がした。

——右に向かって真っ直ぐ進め。

躊躇《ちゅうちょ》している暇はない。私は言われるまま走った。足の裏がひどく痛かったが、かまっていられなかった。老婆がすぐそこまで迫っているような気がした。息を切らし、足の痛みに耐えて走った。

——左だ。

——坂を上がれ。

その都度《つど》、声が導いてくれた。私は何も考えず、その声に従った。走り疲れ、足が遅くなっても止めることはなかった。

どれくらいそうしていたのか、気が付くと空が白んでいた。自分が山道を歩いていることを知った。

やがて、記憶にある道が見つかった。間違いない。この先だ。疲れきった体を引きずるように進んだ。

木々の向こうに尖った屋根が見えたとき、一気に力が抜けた。いや、まだだ。館に辿り着かなければ。そう言い聞かせたが、体が言うことを聞かなかった。その場に崩れ落ち、動けなくなった。

意識が薄れていく。もしかしたら、このまま死ぬのかもしれない。そう思った刹那、

──おまえは莫迦《ばか》か。

いきなり耳許で言われた。

──そんなところでへこたれてどうする。早く来い！

声に叱咤され、意識が戻った。

「……くそっ」

起き上がり、また歩きだす。

本当に、あともう少しの距離だった。藪をぬけたところに、片喰邸の偉容が現れる。

「やっと着いたか」

館の前に伏女が立っていた。腕を組み、嘲るような表情で私を見る。

「つくづく使えぬ手下よのう。あの程度のことで右往左往しよって」

「……もしかして、あの声は……あんたが助けてくれたのか」

「助けたつもりはない。浅葱の壺を持ってこさせるためだ」

「浅葱の壺……でも、結局見つからなかったが……」

「おまえはよくよく愚か者と見える。手にしておるのは何だ？」

「え？」

そのときはじめて、自分が何かを抱えていることに気付いた。

壺だ。

「これは……」

思い出した。老婆に投げつけられたとき、胸に当たったこれを咄嗟に受け止めたのだ。

「そこに置け」

言われるまま、壺を地面に置いた。口のところに和紙が貼られている。

「これが……浅葱の壺」

たしかに釉薬《うわぐすり》の一部が淡い藍色に見える。しかしそれ以外、特に変わったところは見受けられない。

「どうすればいいんだ？」

「封を破れ」

「封？」

「その紙だ」

見ると口を塞いだ紙には文字が書いてある。祠の封印と同じものだ。

「早く破れ！」

伏女に一喝され、私は紙を破った。

「ひゃっ！」

思わず尻餅を突いてしまう。紙の破れ目から指が飛び出してきたのだ。

指から手、手から腕、ずるりと姿を現わす。私は声もなく、それを見つめていた。

肩から上半身、そして下半身と、まるで脱出芸のように体が出てくる。

「……やれやれ、やっと出られましたな」

ゆっくりと、その人物は立ち上がった。

「久しぶりの外界は清々《すがすが》しいものです。あなたが私の封印を解いてくださった方ですかな？」

六十歳前後、仕立ての良さそうな黒いスーツに身を包んだ、品の良さそうな男性だった。

喋り方も丁寧だ。

「もう一度伺います。あなたが私をこの世に戻してくださった方ですかな？」

「そうだ」

答えたのは伏女だった。

「名前は津久田舞々《まいまい》。しがない小説家だ」

男性は彼女を見て、相好を崩した。

「これはこれは伏女殿。お久しぶりでございますな」

そして彼は私に向き直ると、胸元に手を当て恭《うやうや》しく会釈《えしやく》した。

「お初にお目にかかります。私、英丹《えいたん》と申します。お見知り置きくださいませ」

「はあ……」

間抜けた返事しかできなかった。英丹と名乗った老人はにこやかに微笑んで、言った。

「それでは津久田様、お申しつけください。どなたを殺せばよろしいのですか」

「……え？」

「私の封印を解いたということは、それが望みでございましょう？　誰を殺しましょうか」

「……言ってる意味が、よくわからない」

「はて？」

英丹は訝しげな表情になり、伏女に言った。

「この御方は、何も御存知ないので？」

「知らん。ただの莫迦だ」

「これはしたり。では最初から説明いたしましょう」

英丹は私に顔を近付けてきた。そして言った。

「私、祟《たた》り神でございます。お望みとあらば、何者であろうと祟り殺して御覧に入れます。さあ、どなたを殺しましょうか」

津久田舞々は扉を開ける

1

煙がひとすじ、立ち上っている。

白く頼りなげに揺らいで、天井へと消えていく。

煙草《たばこ》の煙だな、と思う。目の前に誰か、煙草を吸う者がいる。

私は煙の行く末を追っていた視線を下ろした。

髪の長い男が向かい合わせに座っている。ああそうか、彼か。

つまりあれですよ。津久田《つくだ》さんってさ、根が真面目すぎるんですよね。

指に挟んでいる煙草を指揮棒のように振りながら、明神《みょうじん》が言った。

津久田さんの書いてるものっていつも、自分の頭の中にあるものを全部きれいに説明しようとするでしょ。ホラーって何だかわからないものが出てきたりもするじゃないですか。津久田さんはその何だかわからないものを逐一《ちくいち》描写して、ほら、こんなにもわからないものですよって書く。それは読者に対して親切ではあるんだけど、一方で押しつけがましくもあるんですよね。

煙草を挟んでいない左手の指で、彼は自分の髪をくるくると巻いている。喋りながら、その口許にはいつもの笑みが貼り付いていた。

そうか、これは打ち合わせだな。ということは、ここは出版社の近くにある喫茶店か。明神と打ち合わせをするときは、いつもあの店に行く。今は出版社の社屋内も禁煙だから、彼は心置きなく煙草を吸える店を利用したがる。打ち合わせ場所の選定においては、非喫煙者である私の意見など、考慮されたことはなかった。

「ホラーなんて嘘八百なんだから、そういうのは勢いでドッカーンってやっちゃっていいと思うんですけどねえ。ほら、参宮《さんぐう》先生の作品なんて、みんなそんな感じじゃないですか」

明神の言っていることも、わからないではない。たしかに私の書いているものは説明過多の傾向があるかもしれない。自分の中にあるイメージを言語化する際に、隅から隅まできちんと描写しないと気分が悪いのだ。それが読者の不興を買っていると言われると、返す言葉はない。

しかし、虚構だから描写はなくていいという考えには同意できなかった。虚構だからこそ、細部の描写にまでこだわってリアリティを現出させなければならないのだ。明神が例に出した参宮氏の作品は、まさにその点で私の好みから外れている。勢いだけで具体性にかけた描写が多すぎるからだ。

できれば彼に対して、そんな意見を滔々《とうとう》と弁じたかった。自分の創作観を明確にして、反論したかった。しかしいつも私は、それが言えない。

どうなんだろうねえ。

一言、そう返すのがやっとだった。

そうですよ、勢いですよ。と明神は言う。最初にバアーンって景気のいい花火を打ち上げてズダダダダって読者を乗せて最後にドッカーンって感じで終わらせれば、きっと売れる本になると思うんですよ。津久田さん、キャラ作るのは上手《うま》いんだから。今流行《はや》ってる小説ってみんなキャラクターものじゃないですか。津久田さんだって売れる可能性は充分にありますよ。

売れる可能性か。明神の言葉を聞きながら私は自嘲《じちょう》の笑みが浮かぶのを止められないでいる。そんな可能性、隕石《いんせき》に当たって死ぬくらいの確率しかない。自分はそういう作家ではないのだから。だって――。

どうしたんでしょう？

明神の声に思考は遮《さえぎ》られた。彼は窓の外を気にしている。つられて見てみると、往来を行く人人がみんな空を見上げていた。

ふたりして店の外に出た。見上げると晴れ渡った空に紅蓮《ぐれん》の火の玉が浮かんでいた。

太陽ではない。もっと暗くて、禍々《まがまが》しい色の炎に包まれている。

ああ、あれは。

明神が言った。隕石ですね。

最初は満月くらいの大きさだったのが、みるみるうちに大きくなり、空の半分を覆うまでになった。

どうやら、ここに落ちてくるみたいですよ。どうします？

明神は相変わらず笑みを貼り付かせたまま、言った。

津久田さんがあんなことを考えるから、現実になってしまった。

あんなこと……隕石に当たって死ぬってことか。

そうです。可能性は極めて低い、と思ってたでしょ。でもゼロじゃなかった。

今や天空は暗い炎にすっかり覆われた。その熱気が頬を焼く。

いいですねえ、こういう展開が欲しいんですよ。さあ、どうします？

明神が訊く。

津久田さんなら、この続きはどう書きます？

問われても、わからない。ただ茫然と落ちてくる巨大な隕石を見上げていることしかできない。

ほら、ぐずぐずしてると死にますよ。ほらほら。

明神のにやけた顔が炎に包まれた。同時に私の体からも炎が噴き出す。

駄目だなあ。これじゃ売れませんよ。

彼の声は落下する隕石の轟音《ごうおん》に掻き消される。炎は淫靡《いんび》な舌で私の全身を嘗《な》め回し、肉を骨を焼き尽くす。

やめてくれ。こんなふうに死ぬのは嫌だ。頼むから、やめてくれ。

膝を折り、手を合わせて懇願《こんがん》する。しかし炎は容赦なく私の体を崩し、そして隕石は目の前に迫ってくる。

これがあんたの限界なんだよ。

その一言が聞こえた瞬間、すべてが弾け飛んだ。

眼を開けたとき、空は青に戻っていた。

自分が仰向けに転がっていることに気付いた。のろのろと起き上がる。見回すと、青葉を繁《しげ》らせた畑が続いていた。舗装された農道の真ん中で倒れていたらしい。夏の陽差しが私を焼いている。ひどく暑い。

そうだ、たしか片喰《かたばみ》邸を出て歩いていたのだった。その途中で……何があったのか。

肩にかけていたバッグに手を伸ばす。ペットボトルが入っていた。ぬるくなった水を一口飲むと、意識が少しはっきりしてきた。自分が気を失ったときのことは思い出せない。ただ、暑かっただけだ。

この前、裸足《はだし》で走り回ったせいで足の裏にいくつかの傷ができてしまった。大きな怪我ではなかったが、歩けるようになるまで三日かかった。今日は歩行練習のつもりで外に出たのだった。やはり急に歩いたのがいけなかったのだろうか。もういい、とにかく戻ろう。

「どうしたね？　具合でも悪いのかね？」

背後から声をかけられた。

「いえ、大丈夫で――」

振り返って、息を呑んだ。そこに立っていたのは老婆だった。藍染めの飛白《かすり》にもんぺ、手拭いで頬被《ほっかむ》りをしているが、顔ははっきりとわかる。忘れようとしても忘れられない。栂《とが》という名前だった。この前私は、彼女に殺されかけた。

「ああ、あんた。この前うちに来たひとだね」

老婆は微笑《ほほえ》んだ。あのときのことなどまるで覚えていないかのようだった。

「持っていった壺は役に立ったかね？」

「壺？　あ、ええ……」

「そりゃよかった。あれはわしの亭主が大事にしとったもんでよ。大切に扱ったってな」

「あ、はい……」

「また欲しいもんがあったらいつでもおいで」

そう言うと老婆は回れ右をして歩き去った。その後ろ姿を私は無言で見送った。包丁を構え、鬼の形相で私を追ってきた老婆と同じ人物なのか、自分で自信がなくなってきた。

どうなっているんだ、ここは。何もかもがおかしい。

ペットボトルの水を頭に振りかけた。

2

「お帰りなさいませ」

片喰邸に入るなり、声をかけられた。

「お散歩はいかがでしたか。おみ足の具合は良くなられたようですね」

声の主はエントランスの中央に立っていた。私に向かって一礼する。

「今日は散歩日和《びより》というにはいささか暑かったと存じますが、体調を崩されたりしていませんか。もしもご気分がお悪いようでしたら、水分を補給して休息されたほうが良いかと思いますが」

礼服ではないが黒いスーツに身を包み、姿勢よく立っている。見た目は六十歳過ぎといったところで、品の良さそうな顔立ちをしていた。

彼は自らを英丹《えいたん》と名乗っていた。

「ところで、そろそろお気持ちは決まりましたか」

「気持ち？」

「ですから、前々からお話ししているとおり、殺してほしい者は誰かということですよ」

英丹は穏やかな表情のまま、事も無げに言った。対する私は、溜息をつく。

「あんたなあ、殺す殺すって簡単に言うけど、何なんだよ？」

「ですから何度も申し上げましたとおり、私は祟《たた》り神でございますよ。願いをお受けして、仇《あだ》なす者を祟り殺すのが本分。どこのどなたを殺せばいいか、どうぞお教えくださいませ」

「だからそうじゃないって。別に誰も殺してほしいなんて思わないし、そんなこと願ってないし」

「そう仰《おつしや》られても困りますな。津久田様は浅葱《あさぎ》の壺の封印から私を解き放たれたのですよ。それはとりもなおさず私に祟りを成せというお申しつけではありませんか」

「違うってば。あれは伏女《ふしめ》に言われて何も知らずに——そうだ、伏女はどこだ？　あいつに訊きたいことがある」

「伏女殿なら先程までこちらにおいででしたが……はて、どこにおいでになったのやら？」

それで、伏女殿にご用というのは？」

「だから、あんたを壺から出した理由を知りたいんだ。それに片喰鐵山《てつざん》の回顧録の在《あ》り処《か》を教えてもらわなければ」

「片喰鐵山……懐かしい名前ですな」

「あんた、知ってるのか」

「知っているも何も、鐵山様には一方ならずお世話になりました。今、私がこうしてあるのも鐵山様のおかげです」

「そうなのか。いや、そもそもあんたと鐵山とはどういう関係にあるんだ？」

「それは一朝一夕では語り尽くせない因縁《いんねん》がございましてね。お聞きになりたいですか」

「ああ、聞きたいね」

「でしたら祟り殺す相手をお教えくださいませ」

「なんでその話に戻るんだよ。関係ないじゃないか」

「give and takeというやつでございますよ」

英丹は妙に発音よく答えた。

「津久田様は私の昔話を聞く。そして私は祟る相手を教えてもらう。どちらも得するということです」

「得なんてしないよ。ていうか、そんなに誰かに祟りたいのか」

「もちろんでございますよ。私は祟り神なのですから。祟りこそ我が人生、祟りなくして何の己が桜かな」

紳士然としているのに、目茶苦茶を言う奴だ。

「ともあれ、祟る相手を教えてくだされば、私も鐵山様との一部始終についてお話しいたしましょう。お心が決まりましたら、私をお呼びください。では、失礼いたします」

英丹は一礼してエントランスの奥に引き下がる。そのまま影に紛《まぎ》れて見えなくなった。

「……何なんだよ」

私は思わず独りごちた。英丹といい伏女といい、あいつらは自分勝手に条件を付けて、私をいいように振り回している。

そうだ、伏女だ。

「おい、伏女、どこにいる？」

呼びかけたが、返事はない。やはりあの祠《ほこら》だろうか。

私は屋敷を出て庭に出た。庭といっても枯れ果てた薔薇《ばら》の木が墓標のように立ち並んでいるだけの空き地だ。そこを通り抜け、例の鳥居《とりい》があるところへ向かう。

ひんやりとした風が首筋を撫でた。このあたりは夏であることを忘れてしまうほど涼しい。

二メートルもないような小さなものだが、その鳥居には妙な威圧感があった。その前に立つと思わず身が竦《すく》むのを感じるのだ。たぶんそれは鳥居の向こうにある祠のせいだろう。

怯《ひる》みそうになる心を叱咤して、私は鳥居をくぐった。そして思いきって祠の扉を開けた。

何も飛び出しては来なかった。その中には台座のようなものが置かれているだけで、他には何もない。

ふと思いついて、スマホのライトで中を照らしてみた。内壁に貼り付けられた紙と、そこに書かれている文字はそのままだった。

【日月火木無き教え、その一に五を合わせ捺《お》すべし】

「無様《ぶざま》な格好で何をしている？」

背後から声がかかった。振り向こうとして体勢を崩し、その場に尻餅を突いた。

「無様に無様を重ねて、見るも哀れな姿だ」

嘲《あざけ》るような声だった。見なくてもそれが誰だかわかる。

「ずいぶんな言い様だな、伏女」

地面に尻を着けたまま、私は振り返った。

「そんなに私を馬鹿にしたいのか」

「馬鹿にする？　違うな。妾《わらわ》が馬鹿にするまでもなく、おまえは莫迦《ばか》だ」

伏女は私を見据えていた。いつもどおり白い着物に白い草履《ぞうり》。おかっぱ頭の下には底意地の悪そうな瞳がある。

「馬鹿って言うほうが馬鹿なんだぞ」

と言い返したら、

「子供の口喧嘩か。もう少し知恵のありそうなことを言え」

にべもなく突き放された。もっと言い返してやりたかったが、ぐっと堪《こら》えた。今は他に言いたいことがある。

「浅葱の壺は持ってきた。なのにどうして約束を守らないんだ？」

「約束？　何のことだ？」

「とぼけるな。壺を探してきたら片喰鐵山の回顧録の在り処を教えると言ってただろうが」

「ああ、そのことか。とぼけてるわけではないぞ。ただ、おまえに覚悟があるかどうか疑わしかっただけだ」

「覚悟？」

「すべてを知る覚悟だ。おまえにその度量があるのか」

まさか度量なんてことを問われるとは思わなかった。

「そんなに大層なものなのか、片喰鐵山の回顧録というのは」

「ある意味ではな。どうしても知りたいか」

「当たり前だ。回顧録を読めば、ここで小説を書くための資料になる。必要なんだよ」

「ならば教えてやる。狐の扉を開けよ」

「きつねの……扉？」

「この屋敷の中にある。それを開ければ望みのものが手に入ろうぞ」

「その扉、屋敷のどこにあるんだ？」

「自分で探せ」

伏女は突き放すように言った。これはさすがに腹に据えかねた。

「おい、いい加減にしろ。どこまで茶化《ちゃか》せば気が済むんだ。ちゃんと約束は守ったんだから、そっちも約束を守れ」

「だから守ってやったではないか。回顧録の在り処は教えた。それ以上、何を望む？」

「狐の扉とやらがどこにあるかを教えろと言ってるんだ！」

「やれやれ、己の智恵を働かせるつもりもないようだな。おまえの頭は帽子掛けの役にしか立たんのか。もういい、好きにしろ」

そう言うと伏女の周囲に突風が巻き起こった。

「うっ!?」

風の勢いに一瞬眼を閉じる。次に見開いたときには、もう彼女の姿は消えていた。

「おい待て！　まだ訊きたいことがあるんだ！」

叫んでも返事はなかった。

「くそっ！」

腹いせに鳥居の柱を蹴る。自分の足先に激痛が走っただけだった。

3

――狐の扉、ですか。

電話の声は当惑しているように聞こえた。

――はてねえ……そんなものがお屋敷にあると聞いたことはありませんが。

「毛見《けみ》さんにもわからないんですか。じゃあ、他にこの屋敷に詳しいひとはいませんか」

――古賀音で片喰邸のことを一番よく知っているのは、私です。その私が知らないのだから、この町で狐の扉なるものを知っている者はおりませんよ。

ずいぶんと自信ありげだ。それが癪《しゃく》に障る。

――その狐の扉が片喰鐵山の回顧録の在り処に関係しているというのは、本当のことなのですか。

「どうだかわかりません。あまり信用できない筋からの情報なので。でも今は他に探す手立てがないんですよ。この屋敷と狐に何か関係することがありませんか」

――どうでしょうねえ。お屋敷と狐……ううむ……。

毛見は考え込んでいる様子だった。これは見込みがなさそうだなと諦めかけたとき、

——ああ、そういえば。

「何ですか」

——狐と言えば稲荷《いなり》。稲荷といえば油揚げ。お好きですか。

「いや、そんなこと聞いてないですから。こっちが知りたいのは——」

——お好きですか、油揚げ。

「……好きです」

——古賀音《こがね》の中に一軒、古くからやっている豆腐屋がありましてね。豆腐ももちろんだが、そこで作っている油揚げが絶品なんですよ。私のおふくろはよくその油揚げで稲荷寿司を作ってくれました。あれは美味《うま》かった。

町長の昔話に付き合わされるつもりなどなかったが、立場は私のほうが弱い。黙って聞くしかなかった。

——今の主《あるじ》は五代目ですが、先々代、つまり三代目は片喰鐵山とも懇意にしていました。鐵山もあの店の豆腐と油揚げを大層気に入っていて、毎日配達させていたとか。それだけじゃなくて、主とは友達付き合いをしていたという話です。時には彼を片喰邸に招いていたようですね。よほど話が合ったんでしょう。屋敷の中の一部屋を彼の定宿《じょうやど》みたいにしていたとも聞いています。この話、退屈ですかね？

「あ、いえ」

——で、その豆腐屋の名前が常木《つねき》商店というんですが、鐡山は主の常木大造《たいぞう》のことを苗字をもじって「キツネの大造」と呼んでいたそうですよ。

「キツネ……」

——もしも本当に豆腐屋の主がいつも泊まっていた部屋というのがあったのだとしたら、その部屋の扉が「狐の扉」かもしれませんねえ。

なるほど、そういうことか。

「じゃあ、その部屋の鍵を貸してください」

——どの部屋がそれに該当するのか、はっきりとわかればお貸しすることもできますがね。

「わからないと駄目なんですか。とりあえず部屋を全部開けてみて確かめるというのは——」

——骨惜しみをしてはいけませんね。明確な理由がなければ、鍵を貸し出すことはできません。

そんな勿体《もったい》ぶらなくても、と思ったが、口には出さなかった。この屋敷には理不尽な規則が多い。それを承知で住み込んでいるのだ。

「どの部屋に豆腐屋が泊まっていたのか、わからないんですか」

——ええ、なにしろ私が聞いている話は、そこまでですから。でも、豆腐屋の今の主、常木満夫《みつお》さんなら、もっと詳しい話を知っている、かもしれませんねえ。

「じゃあ、その豆腐屋で話を聞いてみます。場所を教えてください」

――いいですとも。町役場の前の道を南に五百メートルほど行ってから十字路を西に曲がって次の角を北に。それから……。

4

次の角を北に折れてから三叉路《さんさろ》を西へ。

例によって人通りのない道をひとり歩いた。午後の陽差しは重さを感じるほどに強く、溶けたアスファルトが靴底に貼り付くように感じられた。

ぎりぎり商店街といえないこともない、乾物屋や金物屋がぽつりぽつりと並ぶ通りを進むと、やっと目当ての看板が眼に入ってきた。

「常木商店、か」

読まなくてもいいのに看板の文字を読む。声に出して確認しなければ不安になるほど暑さにやられていた私には魅力的すぎる文字が、店の窓に貼り付けられていた。

【かき氷はじめました】

大きな水槽に沈んだ豆腐やショーケースに並んだ油揚げに厚揚げ。それより何より店の片隅に鎮座しているかき氷の機械に魅せられた。

「すみません」

声をかけると、奥から中年の女性が出てきた。細かい柄の入った水色のブラウスに白いエプロンを着けている。

「はい、何にしましょう?」

「あの、かき氷を」

「かき氷ね。味は?　イチゴ?　レモン?」

「じゃあ、イチゴで」

やけにがたつくスツールに腰を下ろし、一息つく。女性は冷蔵庫から出してきた氷を機械にセットしてスイッチを押した。軽快な音と共に器に白い雪のような氷が溜まっていく。出来上がった氷の山に赤いシロップをたっぷりとかけ、

「はい、どうぞ」

目の前に置かれた。さっそくスプーンで掬《すく》って口に運ぶ。瞬間、冷たい刺激が舌から脳に直接染み込んだ。

「ああ、美味い」

思わず声を洩らす。

「美味《おい》しいでしょ」

女性が笑顔になった。

「氷がね、違うの。なんたって天然だから」

「こだわってるんですね。でもどうしてお豆腐屋さんがかき氷を？」

「うちのひとがね、氷好きなの。で、自分も食べるついでに売っちゃおうって」

趣味と実益を兼ねて、というやつか。私は氷を食べながら尋ねた。

「そのご主人は、いらっしゃいますか」

「いるわよ。明日の分の仕込みが始まるまで、上でひと眠りしてるわ。もうそろそろ起きてくる頃だと思うけど」

女性がそう言ったとき、店の奥から男性が出てきた。

「ほら、噂をすれば影ね」

「なんだ、噂って？」

出てきた男性が訊いた。五十歳前後だろうか、小柄で痩せていた。髪はかなり薄くなっていて、その分眉が太い。狐顔と言えないこともない。白いポロシャツにグレイのズボンを穿《は》いている。

「常木満夫さんですか」

私が訊くと、

「ああ、そうだけど。あんたは？」

「今、片喰邸に住まわせてもらっています、津久田といいます」

「津久田……ああ、小説家とかいうひとかね。町長が話しとった」

「そうです。じつはちょっと、常木大造さんのことでお伺いしたいんですが」

「祖父《じい》さんのこと？」

「そうです。大造さんは片喰鐵山と親しかったそうですね」

「鐵山さんか。そんな話、聞いたことがあるな。うちの豆腐をえらく贔屓《ひいき》にしてくれてたらしい」

「大造さんは片喰邸に招待されて、たびたび泊まっていたとか」

「ああ、そういう話も祖父さんから聞かされたな。鐵山さんとは身分の違いを超えた付き合いをしていたそうだ。よほど気が合ったんだろうな」

「大造さんが片喰邸のどの部屋に泊まっていたか、わかりませんか」

「はあ？　どの部屋にって、どういうことだね？」

「大造さんは特定の部屋を定宿みたいにして宿泊していたと聞きました。それがどの部屋なのか知りたいんです」

「それは……どうかねえ。部屋のことまで聞いてはおらんのだが」

「聞いてないですか。そうですか……」

その返答に落胆しかけたが、気を取り直して再び訊いた。

「何か、お祖父さんから片喰邸や片喰鐵山について他に聞いたことはありませんか」

「そうだなあ……鐵山さんに食ったこともない洋食を食わせてもらったとか、外国の酒を飲ませてもらったとか、そんな話くらいかな。あと、夜っぴて飲み交わして寝ようとしたら朝日が射し込んできて寝れんかったとか、庭の薔薇がたいそうきれいで窓から眺めておったとか」

「なるほど」

私はかき氷を掻き込みながら話を聞いた。そして頭の中に片喰邸の間取りを思い浮かべる。これで、少しは範囲を狭められるかもしれない。しかし部屋を特定するには、まだ決め手がない。

「あんた、あれは」

そのとき、女性が言った。

「ほら、お祖父さんのアルバム」

「……ああ、あれがあったな。ちょっと待ってくれ」

そう言うと満夫はまた店の奥に引っ込んだ。私は氷を食べながら待った。

五分ほどで彼が戻ってきた。手に古びたアルバムを一冊持っている。

「ここに祖父さんが片喰邸で撮った写真が貼ってあったはずだ」

満夫はアルバムを開き、一ページずつ丹念に調べていく。

「……あったぞ」

開いたページを見せてくれた。白黒の写真が三枚貼ってある。一枚目は明らかに片喰邸とわかる建物の前に畏《かしこ》まって立っている姿。二枚目は私も知っている広間の椅子に腰かけているところだった。そして三枚目ではどこかの部屋でソファに座っている。

「これがお祖父さんですか」

「ああ、よう似とるだろ」

満夫の言うとおり、彼の祖父は彼そっくりだった。瓜ふたつと言ってもいい。つまり狐顔だ。

私はそれらの写真を見つめた。特に三枚目の写真はじっくりと検分した。

「この写真を写させてもらってもいいですか」

「ああ、かまわんが」

私は携帯電話を取り出し、三枚の写真をそれぞれカメラに収めた。

「ありがとうございました。これでなんとかなるかもしれません」

「なんとかなるというと？」

「いえ、こちらの話です。お世話になりました」

ついでに油揚げを買って店を出た。

その足で町役場へ向かう。幸い毛見町長は帰ってきたところだった。

「あそこの油揚げですね。炙《あぶ》って生姜《しょうが》醤油で食べても美味いですよ」

「帰ったら試してみますよ。それより狐の扉がどこか、わかったと思います」

「おお、そうですか。お孫さんが知ってたんですか」

「いえ、でも手がかりはもらえました。片喰邸の見取り図はありますか」

「ありますとも。ちょっと待ってください」

毛見は応接室を出ていく。私は壁に掛けてある【古賀音十訓】という書をぼんやりと見ていた。最後に「片喰鐵山　書」とあるのを見て、今更ながらこれが片喰鐵山の書いたものであると認識した。彼はあまり達筆ではなかったようだ。

「お待たせしました」

毛見が丸めた紙を持って戻ってきた。広げると今どき珍しい青焼きの図面だった。

「これが片喰邸の図面です」

私はそれを隅々《すみずみ》まで眺め、そして二階を指差した。

「客間は二階に十一部屋あります。西側に三部屋、東側に三部屋、そして南側に五部屋。私が使っている部屋は東側の真ん中の部屋ですから、それ以外のどれかが常木大造が定宿にしていた部屋です。これを見てください」

私はスマホの画像を町長に見せた。

「常木さんのところで撮らせてもらった大造の写真です。これは片喰邸の一室で撮ったものでしょう。たぶん定宿にしていた部屋だと思います。これと同じ内装の部屋が、狐の扉の部屋です」

「なるほど。しかしこれでは、開けて中を確かめないとわかりませんな」

「それではいけませんか」

「駄目です。前にもお話ししたとおり、根拠がなければ鍵をお貸しすることはできません」

そう言って毛見は笑みを見せた。こちらとの攻防を楽しんでいるようだった。腹立たしくなったが、怒りは呑み込んだ。

「では部屋を特定しましょう。この写真をよく見ると奥に扉がありますよね。これは隣室へと繋がる扉です。鍵が掛けられてますけど私の使っている部屋にもある。そして向かって右手には窓がある。窓と扉がこういう配置になっている部屋が問題の部屋ということになります。おわかりになりますか」

「わかりますよ」

「先程常木満夫さんに聞いた話によると、大造は徹夜で鐵山と飲み交わし、自室に戻って寝ようとしたら朝日が射してきて眩《まぶ》しかったと言っていたそうです。つまり部屋の窓は東に面していたということですね。となれば該当するのは東側の三部屋のどれか。窓が東なら写真に写っている扉は北側です。そちら側に扉があるのは南側の部屋と私が使っている真ん中の部屋のふたつ。つまり狐の扉の部屋は私の部屋の南隣りの部屋ということになります」

「理屈としてはわかります。ただ、ひとつだけ。津久田さんが使っている部屋が問題の部屋だったということはありませんかな？」

「それはふたつの理由で、ないと考えます。ひとつは薔薇です。大造は庭の薔薇を窓から眺めていたと言っていたそうです。しかし私がいる部屋からは、薔薇は見られない。そしてもうひとつ、私のいる部屋がそれだったとしたら、私はとっくに回顧録を見つけています。あの部屋はいろいろ見て回りましたから」

「なるほど、面白い」

毛見は微笑んだ。

「鍵を貸してもらえますね？」

「いいですとも。持っていってください。ただし」

彼は図面を丸めながら言った。

「開けるときは、心してください。扉の向こうに何があるかわかりませんからね」

5

片喰邸に戻るとすぐに二階へ上がり、いつも使っている部屋の南隣りの扉の前に立った。私の部屋と同じく艶光《つやびか》りする木製の扉だった。

これが狐の扉か。毛見町長から借り受けた真鍮《しんちゅう》製の鍵を扉の鍵穴に差し込み、回した。金属の噛み合う音がする。ドアノブに手を掛け、扉を開けた。

淀《よど》んだ空気に襲われるかと思ったが、そうでもなかった。部屋の中は暗いが、臭いはしない。踏み込むと、私が使っている部屋と同じカーペットの感触があった。カーテンを開くと、窓から見える空はすでに夕刻の色をしていた。

部屋の広さは私が使っている隣室と同じくらいだった。室内にあるのはベッドとテーブルとソファ。ソファは写真で常木大造が座っていたものに間違いない。思ったほど埃《ほこり》も溜まっていなかった。

私は部屋の中を物色した。どこかに片喰鐵山の回顧録があるはずだ。ベッドの下、クローゼットの中、ソファの裏と、本を隠していそうなところは隈《くま》なく探した。

しかし、それらしいものは見つからない。

「……おかしいな」

私は呟く。ここが目的の部屋ではないのか。それとも嘘をつかれたのか。

「おい、伏女」

私は呼びかけた。

「回顧録なんてどこにもないぞ。でたらめを教えたのか」

返事はない。

「おい、聞こえてるのか。それとも聞こえないふりをしてるのか。いつもは用のないのに出てくるくせに、こういうときは隠れてるつもりか。この臆病者が」

――誰が臆病者だ。

どこからか声がした。

――つくづくおまえは不敬で無礼な凡夫《ぼんぷ》だな。身の程を弁《わきま》えよ。

「何が身の程だ。約束も守らない奴にあれこれ言われたくない」

――誰が約束を違《たが》えた？

「あんただよ。ちゃんと狐の扉を開けたのに――」

――不敬で無礼なだけでなく、度し難い愚鈍のようだな。おまえは狐の扉を開けてなどおらんぞ。

「何だって!?　でもこの部屋は……まさか、この部屋じゃないっていうのか」

――キツネの大造が使っていた部屋なら、そこに間違いない。しかし彼が狐の扉と称していたのは……。

そのとき、やっと伏女の声がどこから聞こえてくるのかわかった。隣室……私の部屋からだ。

「おまえ、そっちで何をしている？」

――何もしておらん。ただ、おまえを待っている。

部屋を飛び出して自分の部屋に行こうとした。が、扉が開かない。押しても引いても、びくともしなかった。

「……なんなんだよ、これは」

自分が閉じ込められたことに気付くのに時間はかからなかった。

「伏女！　ふざけるのもいい加減にしろ！」

——ふざけてなどおらん。それどころか妾は愚かなおまえに親切にしてやっておるのだぞ。早くこっちに来い。

「何がこっちに来いだ。だったらさっさと扉を開けろ」

——扉なら、開いておるぞ。

念のためにもう一度扉を開けようとしたが、やはり開かない。

「嘘をつくな！　おまえはそうやって——」

そのとき、気付いた。

……かりかり　……かり
何かを引っ掻くような音がする。

……かり　　　……かりかり
その音は扉から聞こえた。部屋の出入口ではない。隣部屋と繋がっている、あの扉だ。

私はその扉の前に立った。

「まさか……これが狐の扉？」

伏女からの返事はない。私はドアノブに手を掛けた。この扉は施錠されて開かないようになっている。それは承知していた。しかし念のため……。

ドアノブが、回った。

引っ掻くような音は、聞こえつづけている。

駄目だ。この扉を開けてはいけない。理性が押し止めようとする。なのに手は、勝手にドアを押す。

「……やめろ、開けるな」

声に出して制止しようとした。それでも体は言うことを聞かない。

「やめろおおおおおおお！」

叫びながら、扉を開けた。

からりん、と軽やかにカウベルが鳴る。漂ってきたのは、コーヒーと煙草の匂いだった。

そして人々が交わす言葉のうねり。

中に入った私は、茫然と立ち尽くしていた。そこにあるはずの、私の部屋ではなかった。

向かい合わせにした椅子がいくつも並び、様々な男女が座って話をしている。みんなシルエットになっていて、顔はよくわからない。

「こっちこっち」

声のするほうを見ると、一番奥の席で手を挙げている者がいる。自分が呼ばれたのだと思い、そちらへ行く。

座っていたのは、明神だった。

「田村《たむら》先生との打ち合わせが延びちまって遅れてしまったんですが、結果的に俺のほうが早かったですね」

「ああ……遅れて、すみません」

なんとなくそう言わなくてはならないような気がして、謝った。

「じゃあ、さっそく始めましょうか。座って座って」

言われるまま、向かいの席に腰を下ろす。

ウエイトレスが来たので、コーヒーを注文する。明神の前にはすでに半分になったカップがあった。

「で、どうですか」

「どうって？」

「次に書くネタですよ。何か思いつきましたか」

「ネタ……ああ、それが……」

「ないんですか」

「いや、なんとか捻《ひね》り出そうとはしてるんだけど」

「いけませんねえ。今日までにまとめてくるって話だったのに」

「……すみません」

謝るしかなかった。

「何にもないんですか。何か思いつきとか、書いてみたいものとか、ないんですか」

煙草の煙を吐きながら、明神は言った。

私は焦った。何も考えていなかった。思いつきもしなかった。こんな状態で私は打ち合わせに出てきたのか。

明神は煙草を灰皿に押しつけた。そしてすぐに新しい一本を取り出す。

「津久田さん、よく夢からネタを引っ張ってくるって言ってたでしょ。最近はどうなんですか。小説にできそうな夢は見てないですか」

「……それは……」

考えろ。何か考えろ。じりじりと熱くなる後頭部を摩《さす》りながら、私は自分に言った。これで何もアイディアを出せなかったら、本当に仕事を干《ほ》されてしまうぞ。

「……狐」

「は？」

「狐の、扉」

「何ですか、それ？」

「えっと……だから……ある屋敷に『狐の扉』と呼ばれている扉があるんです。それは初代の当主が名付けたものでした。隣室に繋がっている扉でしかないんですが、当主はその扉を開けて狐がやってくると家の者に言っていました。そして……当主は扉を開けてやってくる狐が自分の死ぬときを予言すると怯えていました」

あらかじめ考えていたのではない。私はその場しのぎに言葉を繰り出していた。

「家族は彼のことを狐憑《つ》きかもしれないと疑い、行者《ぎょうじゃ》を呼んで祓《はら》いの儀式をしてもらいました。しかし当主は錯乱して行者を絞め殺すと、狐の扉を開けて中に飛び込みました。扉の向こうにある隣室には他の家族が待機していたんですが、扉は開かなかったし当主も来なかったと言いました。そしてそのまま、姿を消してしまったんです」

「面白いじゃないですか」

明神は言った。

「それで？」

「それで……時代を経て、当主も代わりました。狐の扉は忌《い》むべきものとして封印され、決して開けてはならないと申し伝えられてきました。そして何代か後の当主が屋敷を引き継いだとき、その狐の扉の真偽を確かめようとしました。禁忌を破って、扉を開けたんです。そこで彼が見たものは……」

「何を見たんです？」

「それが……その……」

考えろ。何か思いつけ。私は脳細胞をフル回転させた。妄想の尻尾を摑み、引き寄せようとした。だがどの妄想も私の手を擦《す》り抜け、逃げ去ってしまう。

「その……」

汗が滴《したた》り落ちる。口の中がからからに渇く。

「どうしました？　何が見えたんですか」

「……何も」

私は言った。

「そこには何もありませんでした。隣室どころか、何もなかった」

「何もない。虚無ですか」

「ええ。光も音もない。真っ暗な世界に彼は飛び込んだんです。慌てて振り返ったけど、入ってきた扉も消えていた。上も下も前も後ろもわからない空間に迷い込んでしまった。しかたなく彼は、当てもなく歩きだしました。どこかに出口があることを信じて」

すでに自分が考えて話してはいなかった。言葉は勝手に口から出てくる。

「途方もない闇の中を、彼は歩きつづけた。どれくらい歩いたのか、時間さえわからない。数時間かもしれないし、数日、あるいは数年なのかも。自分が真っ直ぐ歩いているのか、それとも大きく円を描いて同じところをぐるぐる回っているだけなのか、それもわからない。

彼にできるのは、歩くことだけでした。やがて彼は自分が歩いているという感覚さえ失いはじめる。足は前に進んでいるのか。いや、そもそも前とはどちらか。足とは何か。彼は自分の体を摑んで確かめようとする。しかし手は何も摑めない。体の実感さえも薄れ、消えていく。彼は遂《つい》に歩みを止め、その場に立ち尽くす……」

明神は私の言葉を聞いている。吐き出す煙草の煙が周囲の景色を霞《かす》ませていく。人々の声が遠ざかる。

「しだいに彼は闇に溶けていく。意識は広がりながら薄まり、自分が何者かもわからなくなる。ただ自分がそこに在るということだけ、辛《かろ》うじて知覚している。そんな状態のまま、彼は更に長い時を過ごす。いや、時間の観念さえ失った彼は半ば微睡《まどろ》んだ状態で、それでも自分が無限に広がっていく感覚だけは失わない」

目の前の霞はますます濃くなり、明神の姿もぼやけてきた。まるで自分が語っている「彼」のように、私の意識も少しずつぼやけ、形を失《な》くしていった。

「……どれくらいの時が過ぎたのか、わからない。無限の安穏《あんのん》の中に広がりつづけていた彼は、あるとき、奇妙な感覚に襲われる。明らかに自分の中にはないものが、自分に接している。その先に自分を広げることができない。世界の果てに到達したのか。いや、向こうからもこちらへの力を感じる。これは……他者だ。自分ではない何者かと接触した。他者の存在を認識することで、彼は久しぶりに自己を再認識する。そうだ、自分は自分だった。では、この他者とは何者か。彼は問いかける。君は誰だ？　すぐに返事があった。私は私だ。そういう君こそ何者だ？　彼は当惑する。私と名乗る他者は私なのか。いや違う。この私は私ではない。私でない者が私を自称する。これは騙《かた》りだ。彼は敵意を抱く。私でない私など存在してはならない。同時に他者からも敵意が向けられる。おまえは私ではない。私は私だけのものだ。私と他者の間に争いが起きる。接している面での攻防が開始される。押し、引き、呑み込み、呑み込まれ、一進一退の戦いが繰り広げられる。

その最中、彼は遠くに光を感じる。意識を向けるとそこに眩《まばゆ》く輝く点のようなものが在る。近付いてみると、その点は少しずつ広がり、大きくなる。ああ、と彼は思う。あそこが出口だ。あそこに行けば、ここから出られる。しかし彼と争っている他者も、同時に光に気付く。彼を押し退《の》けて光を摑もうとする。彼はそれを押さえつけ、自分が先に到達しようとあがく。両者は争いながら光を求める。そして同時に光に届いた瞬間――」

「彼は悪夢から眼を覚ますわけだね」

冷たい声が、私の言葉を遮った。

「結局、その男は扉から隣室に移動しただけだった。ただそのわずかな間に見た夢を、無限の時の流れのように感じていただけ。そういうことだろ？」

明神の声ではなかった。もっと若く、そして妙に棘《とげ》のある喋りかただった。

「彼と争った他者というのは、扉から最初に消えた当主だね。彼もきっと、自分の時代に戻って隣室に転がり出た、というところかな」

霞がゆっくり晴れてくる。

「なんだか観念的すぎて、つまらない話だね。君はいつも、そんな小説ばかり書いてるの？」

私は眼を瞬《しばた》いた。先程までいたはずの喫茶店ではない。ここは……自分の部屋だ。

振り返る。隣室との間の扉は閉まっていた。試みにドアノブに手を掛けたが、鍵が掛かっていて動かなかった。

「……どういうことだ？」

「君も同じだよ。隣の部屋から移動しただけ」

その声が、すぐ耳許で聞こえた。思わず振り向く。

間近に男が立っていた。歳の頃は十代前半くらい。少年といったほうがいいかもしれない。

抱《だ》き稲《いね》の紋が鏤《ちりば》められた鳶《とび》色の直垂《ひたたれ》に身を包み烏帽子《えぼし》を被っている。武家の子息といった出で立ちだ。

「おまえ……誰だ？」

「僕かい？　僕の名前は主税《ちから》。よろしくね」

少年は笑みを見せた。

「おまえ……伏女や英丹の同族か」

「うん、そんなところ。君がこの扉を開けてくれたおかげで、この世に戻ってこられたんだ。

まあ、感謝してあげるよ。それにしても君、小説家としての才能はあんまり芳《かんば》しくないね」

「よ、余計なお世話だ。何の用だ？」

「別に君に用なんかないよ。ところで伏女様はどこかな？　もう来てるんでしょ？」

「ここにおる」

不意の声に振り向くと、伏女と英丹が揃って立っていた。

「やあ、伏女様、英丹殿。久しぶりですね」

「たしかに久しいな、主税」

「お会いできて嬉しいですよ、主税さん」

「ふたりとも、このひとに出してもらったの？」

「ああ、どうしようもない愚鈍だが、それなりに使い道はある。おぬしにもこうして再会できたしな」

「津久田様は悪い方ではありませんよ。ただ少しばかり優柔不断で、少しばかりおつむが弱く、少しばかり性格に難はありますが」

「いい加減にしてくれ！」

私は叫んだ。

「愚鈍だのおつむが弱いだの、好き勝手に言いやがって。そもそも伏女、あんたの言うとおりにしたのに、どうしてこんな変な奴らがどんどん出てくるんだ？」

「変な奴らとは失敬な言い草だなあ」

主税は微笑みながら私に顔を寄せた。

「口に気をつけたほうがいいよ。稲荷神《いなりのかみ》を怒らせると、命がないからね」

口許に笑みは浮かべていても、その眼は笑っていなかった。私は心の底から冷たいものが上がってくるのを感じた。

「稲荷……おまえ、稲荷なのか」

「そう、稲荷神の主税。よろしくね」

主税が離れる。私はその場に膝を折った。

「不甲斐《ふがい》ない奴よのう。情けなくなるわ」

伏女が嗤《わら》った。

「ところで主税、あれは持っておるな」

「あれ？　ああ、あれね。もちろん」

「そこにへこたれておる愚鈍に渡してやれ」

「え？　いいの？」

「よい。妾も約束は違えぬ」

「……しかたないね」

とん、と音がした。気が付くと目の前の床に一冊の本が落ちている。

「ほれ、約束の品だ」

茶色い革装の分厚い本だった。

「これが……片喰鐵山の回顧録？」

「そうだ」

私は本を手に取った。表紙には「日記帳」と記されている。

「日記……そうか、回顧録というのは日記だったのか」

早速開こうとした。が、表紙を開けることができない。日記帳は革のベルトで閉じられている。そのベルトは金属の錠前が付いた帯で留められていた。

「これ、どうすれば開くんだ？」

「さあな、それはおまえが考えろ」

伏女は冷たく言った。

津久田舞々は夜汽車に乗る

1

人々の交わす言葉が幾重《いくえ》にも重なって、波音のように聞こえていた。

その広間は多くの人で埋めつくされていた。テーブルにはいくつもの料理。見上げれば豪勢なシャンデリアが光り輝いている。

気付くと自分も琥珀《こはく》色の液体に満たされたグラスを手にしている。それでわかった。ここはパーティの会場だ。

壇上に誰かが立ち、マイクを前に喋っている。どうやら何かの授賞式らしい。喋っているのが賞を受けた者なのか、それとも賞を与える側の人間なのか、わからない。喧騒に紛《まぎ》れて彼が何を話しているのかもわからなかった。

私はひどい疎外感を覚えていた。この手のパーティに出席するときは、いつもそうだ。賞の関係者に知り合いがいるわけでもなく、出席者の中にも面識のある者はあまりいない。人見知りなせいで、この業界に何年もいながら誰かと友人と呼べるような間柄になることはほとんどなかったのだ。

ならばこんな席に顔を出さなければいいのだが、そうもいかない事情があった。小説家にはこうした受賞パーティが営業の場でもある。まだ仕事をしたことのない出版社の編集者と顔繋ぎをしなければならない。

もっとも、ここでも私の人見知りは事を困難にしていた。見ず知らずの人間に声をかけるという大胆なことは、まずできない。可能なのは多少なりと顔見知りな作家や編集者が誰かと話しているところに近付いていって、相手が私に気付くのを待つことだった。気付いてくれたら出来る限り自然な態度で話の輪に入り、未知の人物に紹介してもらう。そしたら相手と名刺を交換し、後で著書を送る。あわよくば「うちで書きませんか」と声をかけてくれるかもしれない。

ひどく効率の悪い方法だが、私にはこれが精一杯だった。今日もその精一杯をしなければ。私はグラスを持ったまま人波の中に飛び込もうとした。

そのとき、声をかけられた。振り向くと髪の長い男がオレンジジュースの入ったグラスを手に立っていた。

明神《みょうじん》だった。私は内心ひどくうろたえていた。今一番顔を合わせたくない相手だった。しかし彼はこちらの動揺など気付かない様子で近付いてくる。

「津久田《つくだ》さん、このパーティに来てるとは思いませんでしたよ」

明神はいつものようにおざなりな笑顔を浮かべて言う。

パーティに来られるってことは、次に書くものが決まったってことですよね。

あ、いや、と私は口籠《くちご》もる。

あれ？　もしかして出来てないんですか。出来てないのにパーティに来てるんですか。うちで書くものも決まってないのに他所《よそ》から仕事を貰《もら》おうなんて思ってるんですか。

明神は笑顔を崩すことなく私に迫ってくる。

そうじゃなくて。そうじゃなくて。私は必死に弁明しようとする。しかし言葉が続かなかった。

駄目だなあ。

見放すように、明神は言った。

やっぱり津久田さん、もう無理ですよ。小説家として限界。どんなに頭を捻《ひね》っても、小説のネタなんてかけらも出てこないんでしょう。才能が涸《か》れ果てたんですよ。いや、もともと才能なんてなかったのかもね。俺も騙されてたのかもしれない。津久田さんに小説が書けるなんて幻想を抱いてたのかも。なんか悲しいなあ。

あっけらかんとした口調で、ずけずけと言葉を浴びせられた。

結局この八年、俺は無駄働きをしてたってことですよね。才能もない作家もどきの面倒を見させられてたんだから。もうね、さっさと廃業しちゃいましょうよ。そのほうがお互いのためですよ。

何も、そこまで言わなくても。

今、『そこまで言わなくても』なんて思っちゃいました？　でもね、そこまで言わなきゃわからないでしょ。津久田さんだってこの八年、自分が小説家だなんて誤解してたんだから。この際はっきりと引導を渡してあげないと、いつまで経っても悪あがきするばかりだからね。

容赦ない言葉の棘《とげ》に、私の心がささくれ立つ。くそっ、くそくそくそっ……！

だからちゃんと言ってあげますよ。津久田さん、あなたには小説家の才能なんてこれっぽっちもない。書いてきたものはつまらないし、今はもうそれさえも書けない。使い物にならない屑です。くず、くずくずくずくずくずです。

怒りが背筋を駆け上がり、脳髄《のうずい》で沸騰《ふっとう》する。握りしめたグラスが、ふるふると震えた。

許さない、こんな奴、絶対に……！

よくわかりました。

明神ではない声が耳に届いた。顔を上げると、黒いスーツの男が立っている。

英丹《えいたん》……。

津久田様の願い、聞き届けましたよ。

願い？　何のことだ？

殺してほしいのでしょう？

英丹は明神を指差した。彼は何も気付かない様子で、私に罵声《ばせい》を浴びせつづけている。

私は祟《たた》り神です。津久田様が望むとおり、殺したい相手を殺して差し上げましょう。

ちょっと、ちょっと待ってくれ。

私はグラスをテーブルに置いた。

勘違いしないでくれ。私は別に、彼を殺したいとか思っているわけじゃない。

でも今、こんな奴、絶対に許さないと思われましたでしょう？　殺してやるとお思いになりましたよね？

それは……でも、違うんだ。ちらっと思っただけで、決して本心ではないんだ。

いいえ、それが津久田様の本心ですよ。この御方を殺したいほど憎んでいる。

違うんだ。違うんだよ。

否定の言葉を繰り返す。私はただ……。

津久田さん、あんたは今までたくさんの人間の時間を無駄にしてきたんですよ。さっさと詫びなさい。土下座して頭を下げなさいよ。

そんな言葉を続けている明神の後ろに、英丹が立った。

やめてくれ。私は声を張り上げた。その瞬間、
ごとり、と音を立てて明神の首が床に転げ落ちた。

悪いことばかり口にする者は、こうしてやるのが一番ですよ。

英丹が微笑《ほほえ》む。私は言葉を失い、床に転がる明神の首を見つめた。彼は自分の首が落ちた

ことも気付かずに悪罵の言葉を吐きつづけている。

だから駄目なんだあんた駄目なんだどうしようもない大馬鹿なんだ。首はまだ喋り続けている。あんたはくずだよくずくずくずくず。

やめてくれ。もうやめてくれ。

私は泣きながら懇願《こんがん》する。みんなもう、こんなことはやめてくれ。

わかりました。やめさせましょう。

英丹がそう言った途端、会場を埋めつくす人々の首が次々と床に落ちた。

これでよろしゅうございますかな。

英丹が微笑む。他の首たちも床に落ちたことも気付かずに喋りつづけ、首を失った体は優雅に会場を行き来していた。

その中で私ひとりが立ち尽くしている。何も考えられなくなって、頭が真っ白になって、そして……。


気が付いたときには、テーブルを前に座っていた。

目の前にはハムエッグとサラダ、トーストが置かれたままだ。どれも自分が作ったものだ。

そうだ。朝食を食べている最中だった。

床に落としたナイフもそのままに立ち上がり、私は食堂を飛び出した。

「英丹！　英丹！」

呼びかけながら邸内を探す。

「どこにいる？　出てきてくれ！」

エントランスから私の部屋、そして二階まで探し回った。しかし返事はない。

「……まさか……」

私は階段の途中で立ち竦《すく》む。さっきのはただの夢だ。自分は誰のことも殺してほしいなどと願ってはいない。

でも、もしもあの夢の中の出来事が少しでも真実だったとしたら。

私は屋敷を出て庭に回った。

枯れた薔薇園を抜け、あの鳥居《とりい》の前に立つ。

「英丹！　出てこい！」

呼びかけた。しかし応じるのは蟬時雨《せみしぐれ》だけ。肩を落とし、歩きだした。そのとき、

「英丹殿に何か用？」

声をかけられた。振り向くと直垂《ひたたれ》に烏帽子《えぼし》姿の少年が鳥居の前に立っていた。

「ひどくうろたえているね。まるで人生の一大事が起きたみたいに」

少年は微笑んでいる。邪気のない、それだけに妙に寒々しさを感じる笑みだった。

「主税《ちから》か。おまえを呼んだんじゃない。英丹に用があるんだ」

私が言うと、少年――主税は、ふん、と鼻で笑って、

「ずいぶんな言いかただねえ。闇の中で迷子になってたのを救ってあげたのに」

「そういうおまえだって、私のおかげでこの世に出られたんだろうが」

「たしかにね。相身互《あいみたが》いってやつだ。別に頼んだことでもないけどさ」

「素直に礼の言えない奴だな。いや、そんなことより英丹を知らないか」

「さあね、どこかにいるんじゃないかな。でもどうして英丹殿を捜してるの？」

「大事な話があるんだ。どこに行けば会える？」

「その質問には答えられないな」

「なぜだ？」

「稲荷神《いなりのかみ》にものを頼むときには、それなりの作法ってのがあるんじゃない？」

「なんだ、油揚げでも供えればいいのか」

「油揚げ、いいねえ。でもさ、せっかく僕と縁を結んだんだから、ちゃんと祀《まつ》ってくれないかな。稲荷神を祀ると霊験《れいげん》あらたかだよ」

「祀る？　伏女《ふしめ》も前に似たようなことを言ってたな。そういえば伏女はどこにいる？」

「ここに居《お》るわ」

すかさず声がした。見ると鳥居の前に白装束の少女が立っている。

「おまえはほんに喚《わめ》くしか能のない愚鈍だな。妾《わらわ》の眠りを妨げるとは無礼と思わんのか」

「神でも眠るのか」

「おまえたち人間の惰眠《だみん》と一緒にするな。妾たちの眠りは神聖なものだ」

「人間の睡眠だって大切なものなんだぞ。そんなことより英丹はどこだ？」

「英丹なら、先程出ていったぞ」

「どこへ？」

「知らぬ。用事ができたと言っておったがな」

用事……まさか……。

「ひどくうろたえておるな。もしや英丹に呪い殺してほしい者を思いついたか」

「逆だ。英丹に殺してほしくないから……こうしちゃいられない」

私は屋敷に戻ると、部屋に置いてあった携帯電話を手に取った。が、すぐにここが圏外であることを思い出す。

「くそっ！」

「惨《みじ》めなくらい取り乱していますねえ」

主税が茶化すように言った。彼らもついてきたのだ。

「まるで猫に追いつめられた鼠《ねずみ》のようだ」

「こやつはいくつになっても落ち着きがないのだ」

伏女が嘲笑《あざわら》った。

「たいして才もないくせに一人前の作家面《づら》をしたがるから、いろいろと矛盾が生じて自分では二進《にっち》も三進《さっち》もいかなくなっておるのだろう」

「ええい、うるさい！」

私は怒鳴った。携帯電話をポケットに入れると、財布とキーホルダーを摑んで部屋を飛び出す。

「どこに行くつもりだ？」

伏女が呼びかけたが、応じるつもりはなかった。

エントランスに降り、玄関のドアを開けた。

「おっと」

ドアの向こうに立っていた人物と鉢合わせしそうになった。

「どうしました津久田先生、えらく慌てておいでのようですが」

恰幅《かっぷく》のいい体を揺らしながら、相手が訊いてきた。町長の毛見《けみ》だった。

「あ、その、ちょっと……」

私はうろたえながら言葉を探す。

「ちょっと？　何です？」

「その……ちょっと、東京に戻ろうかと」

「それはいけませんなあ」

毛見は大袈裟に眉根を寄せて困ったような表情を作る。鼻の下の髭《ひげ》がひくひくと動いた。

「先生にこの町を出ていかれては困ります」

「いや、出ていくわけじゃないんです。ただ、ちょっと用事があって一旦戻ろうかと」

「それが困ると言うのですよ。約束した本を書いていただくまで、古賀音《こがね》から出ていくことは許されません。契約書に書いてあったはずですがね」

「契約書に？　そうでしたっけ？」

「ちゃんと読んでいらっしゃらないようですな」

毛見は提げていた鞄から書類を挟んだクリアファイルを取り出した。

「これ、津久田先生の署名捺印《なついん》のある契約書です。見覚えありますね？」

「あ、はい」

「ではここ。第八条を読んでください」

「……『甲は前項に記した著作を完成させるまで古賀音から出ないものとする』」

「甲というのは津久田先生のことです。本を書き上げるまで古賀音を出ることは差し控えていただきますよ。さもないと違反と見做《みな》してすべての契約は破棄されます。報酬はもちろん払いません。その場合、これまでに先生の古賀音滞在のために町が支出した費用は全額返済を願います」

「いやそれは……」

報酬が貰えない上に費用まで払わされるのは痛い。いや、痛いどころか破産しかねない。

「わかりましたね。ここを出るのは本を書いてからにしてください」

「……はい」

頷くしかなかった。毛見も表情を緩めて、

「結構です。先生とは今後も友好的な関係を保ちたいものです。ところで、この前お借りしたこれですが」

と、毛見は鞄から一冊の本を取り出す。茶色い革の表紙で、「日記帳」と刻印されていた。

「仰《おつしや》るとおり、これは片喰鐵山《かたばみてつざん》が遺《のこ》した日記と思われます。ただ、中身が確認できないので確たることは言えませんが」

本には革のベルトが巻かれている。ベルトは金属製の帯で留められていて、外すことが出来なかった。

「ではこの革のベルトを切って――」

「いやいやいや」

私の提案を、毛見は遮《さえぎ》るように拒絶した。

「鐵山の貴重な遺産を傷つけるようなことは、決してしてはいけません。この本を開くためには、鍵を見つけないと」

「鍵？」

「この金具をよくご覧ください。四角い穴が開いてますでしょ」

「ええ、それはわかってますが」

金具の中央に五ミリ四方くらいの穴がある。

「これは鍵穴ですよ。ここに鍵を差し込むことで開くようになっているはずです」

「鍵……それは、どこに？」

「わかりません」

毛見はあっさりと言った。

「それはまた、先生が捜してくださいな」

そう言って彼は、私に日記帳を手渡した。

「きっとこの本が、先生の執筆に大いに役立ってくれると思いますよ。では、お仕事頑張ってください」

毛見はにっこりと微笑み立ち去った。私は手にした日記帳を見つめた。見た目より重みのある本だ。

「日記が読めなくて口惜《くや》しいか」

背後から声がした。

「おあずけを食らった犬のような顔をしておるぞ」

「……そのとおりだ。私はずっと『待て』と言われた犬みたいな生きかたをさせられている」

言いながら振り返った。伏女と主税が蔑《さげす》むような目付きで私を見ていた。

ふつふつと、怒りが込み上げてくる。私は言った。

「小学校のときだ。近所の子供たちとかくれんぼをした。私が鬼だった。五十数えてからみんなを捜しに行った。でも誰も見つからなかった。私は途方に暮れながら、あたりが暗くなるまで捜しつづけた。親が迎えに来たとき、私は誰も見つからないと泣いた。次の日、みんなは私を置いて家に帰っていたと知らされた。最初から私だけを置いてきぼりにするのが目的の遊びだったんだ。私は笑い物にされた。

高校の修学旅行のとき、観光バスに乗っていて、途中トイレ休憩があった。我慢していた私は誰より早くバスを飛び出した。用を済ませてすぐにバスに戻ろうとした。でも元の場所にバスがいなかった。後で聞いたら、休憩中にバスは停車位置を変えることになっていたらしい。その説明を聞かずに私はバスから出ていたんだ。結果、私はバスに乗れず、ひとりで宿泊先の旅館に向かうことになった。

大学に入ってから新人賞に応募するための原稿を必死になって書いた。なんとか締め切りに間に合って、原稿をメールで送った。数ヶ月後応募した雑誌を見たら一次予選に通っていることがわかった。びっくりした。喜んだ。さらに数ヶ月後、二次予選の結果が出た。そこにも私の名前があった。最終選考の五作に選ばれたんだ。有頂天になった。もしかしたら賞を取れるかもしれない。私は発表の号が出るのを待ちつづけた。でも、受賞作発表号は予定の日になっても書店に並ばなかった。私は出版社に問い合わせた。そうしたらその雑誌は休刊になったと言われた。廃刊ではない、休刊だ。いつか必ず出るから、と電話に出た編集者に言われた。私はだから、その雑誌の最新号が出るのをずっと待ちつづけた。今でも待っている。

私の人生は待つことだらけだ。作家になってからも原稿にOKが出るのを待った。本にしてもらえるのを待った。いやそれ以前に物語が自分の中に生まれてくるのをじっと待ち続けた。いいかげん、うんざりだ。でも私は、そうして待つことでしか生きられない。だからこれからも待ち続けてやるさ」

「珍しく饒舌《じょうぜつ》だが、言っていることに意味はないな」

伏女が切って捨てるように言った。

「要するにおまえは自分からは何もできぬ木偶《でく》の坊だということだ。ところで英丹を捜すのではなかったのか」

「そうだ英丹だ。もしかしてあいつ、東京に行ったんじゃないだろうな」

「東京におまえが殺したがっている者がいるのか」

「殺したくなんかない。ただ、私が彼を殺したがっていると英丹が誤解しているかもしれないんだ。だったら行って、止めなければ」

「ならば行けばよいではないか」

「駄目だ。古賀音を出ることは契約違反になる」

「ははっ、契約違反だと。そんなものが怖いのか」

「怖いさ。今の私には古賀音町との契約が命綱だ。今後の作家生活がかかっている……でも、もしも……」

もしも明神が英丹に殺されるようなことがあったら、それもまた私の破滅に繋がる。今や私を小説家として遇してくれる編集者は彼ひとりなのだ。

「ああ……どうしたらいいんだ」

私はその場にうずくまった。

「簡単なことだよ」

あっけらかんとした声が言った。顔を上げると、主税が笑っていた。

「誰にも知られないように、こっそり古賀音を出ていけばいいんじゃないかな」

「でも、見つかったら……」

「だからこっそり行くんだってば。日中は見つかるかもしれないけど、夜なら大丈夫でしょ」

「しかし、夜にどうやって東京まで？」

「夜汽車があるよ」

「夜汽車？　そんなものが古賀音の駅に停まるのか」

「嘘だと思うなら今夜、駅に行ってみればいいよ」

主税は言った。

「十一時十一分発の汽車が来るはずだからさ」

2

昼間も静かな町だったが、夜の古賀音は都会のように街灯に浮かれた蝉が鳴くこともなく、しんと静まり返っていた。

私は懐中電灯の明かりひとつを頼りに、夜道を歩いていた。途中何度か道を間違えそうになって焦った。こういうときは深夜でも眩《まばゆ》いほどの光に満ちている東京が恋しくなる。

散々うろつき回って、遠目に明かりが見えたときには自然とそちらへ足が向かっていた。

予想どおり、それは駅舎に灯る照明だった。古びた「古賀音」という駅名の看板を寂しく照らし出している。

周囲に誰もいないことを確認してから駅に入った。いつものように改札口には誰もいない。券売機もないから、そのまま改札をくぐり抜けた。

駅のホームも街灯ひとつで照らされていた。

私はベンチに腰を下ろした。腕時計を確認すると、十一時ちょうどだった。なんとか発車時刻には間に合ったようだ。

このあたりは片喰邸があるあたりより暑い。夜だというのに汗が引かなかった。首筋をタオルで拭う。

本当にこの時間に列車が来るのだろうか。今更ながら時刻表を確認してこなかったことを後悔する。もしかしたら主税が私を騙しているのかもしれない。

ともあれ、時間まで待ってみよう。そうすれば――。

私はホームの端を見ていた。街灯の光が届かないところには濁《にご》った闇が広がっている。その闇の中に一瞬、何かが動いたような気がした。

ぴくり、と首筋の神経が震える。気のせいだ。何もいないはずだ。そう自分に言い聞かせながらも視線は外せない。

闇をじっと見ていると、焦点を合わせられなくて眼がぼやけてくるような感覚に陥る。何も見えないのに景色が歪み、うねっているように思えてしまうのだ。今もきっと、それに違いない。だから――。

ゆらり、とまた闇が揺れた。真っ黒な何かがその中で凝縮し、蠢《うごめ》いている。私は漏れそうになる声を呑んだ。

人だ。人の形をしている。

小さく揺れながら、その人影は歩いている。こちらに近付いてくる。

立ち上がろうとしたが、立てなかった。体は硬直し、首は強張《こわば》って反らすこともできない。そして瞼《まぶた》は、どうしても閉じなかった。瞬きもできないまま、それが向かってくるのを見つめていた。

やめろ、くるな、やめてくれ。懇願の言葉は声にならなかった。

やがて街灯の明かりの届くところに、それは踏み入ってきた。その姿が露《あら》わとなる。黒っぽい服を着ていた。長袖の制服だ。穿《は》いているズボンも同じ。そして頭には鍔《つば》のある帽子。

紛れもなく、駅員の格好だ。

ふっ、と息を吐く。脅《おど》かさないでくれと喚きたかった。

駅員はこちらに歩いてくる。帽子を目深にしているので顔はわからない。そんなに大きくもないようだ。肩を上下に揺らすような歩きかたをしている。

駅員は私の前で立ち止まった。

「あ……すみません。切符をまだ買ってないんですが」

おそるおそる言うと、駅員はポケットに手を入れ、何かを取り出すと私に差し出した。

切符だった。

「あ、どうも。あの、いくらですか」

問いかけたが、返事はない。駅員はまた歩きだし、再び光の届かないところに入って気配を消した。

そのときに思い出した。ここ、たしか無人駅じゃなかったのか。

私は手渡された切符を見つめた。今どき珍しい厚紙製のもので、すでに鋏《はさみ》が入っている。「古賀音から　　まで」と印刷されている。行き先は文字がかすれて読めない。

本当にこの切符でいいのだろうか。そもそもこれはどこへ行く切符なのだろう。

駅員に訊いてみるべきだろうか、と逡巡《しゅんじゅん》しているときだった。遠くで汽笛が鳴った。

聞き間違いではない。電車の警笛ではなかった。映画やドラマでしか聞いたことのない音色だ。その音のするほうへ眼を向ける。

ひとつの光が、こちらに向かって走ってきた。それと共に聞こえてくるのはディーゼルの音でもモーターの音でもない。効果音のようにはっきりとした蒸気の音だ。

それはやがて、はっきりとした形を見せた。黒っぽい鉄の車体。先頭車両の大きな煙突から噴き出す黒い煙。紛れもなく蒸気機関車だった。

私は声もなく汽車の到着を見ていた。ゆっくりと速度を落とし、重々しい音と共に私の前で停車する。鉄道の知識が乏《とぼ》しい私には種別はわからないが、テレビなどで見かけるようなタイプの機関車だった。運転席のあたりは暗くて、誰がいるのかわからない。

機関車の後ろには客車が何台か連なっていた。どれも煌々《こうこう》と明かりを灯している。

おずおずと、客車に乗り込んだ。

客車の中は床も壁も座席も木製だった。白熱灯の光に照らされ、車内は隅々《すみずみ》まで見える。

数人の乗客が座っていた。

私は空いている座席に腰を下ろした。と同時に、客車が動き出す。

車窓から外を見た。しかしどこも真っ暗で景色など見えない。時折小さな光が通りすぎるが、それが民家の明かりなのか街灯なのか、それもわからなかった。

断続的な揺れを感じながら、私は暗い外を見ていた。闇雲に飛び出してきたが、さて、これからどうすればいいのだろう。

東京に着いたらまず明神と連絡を取らなければならないが、もしも連絡がつかなかったら直接彼の家へ行ってみるしかなかった。携帯電話を取り出し、アドレス帳から明神のデータを開いてみる。会社の住所の他に彼の自宅の住所も記録してあった。今まで行ったことはないが、住所がわかれば何とかなるだろう。

しかし問題は、その後だ。明神に『あんたは祟り神に狙われているから』なんて言って信用してもらえるだろうか。頭がおかしいと思われるかもしれない。いや、彼のことだから『いいですね。そのネタで一本書いてくださいよ』と言うかも。しかしこれはフィクションではない。それを彼にわからせるにはどうしたらいいのか。

それにどうやったら明神を守ることができるのかも、わからなかった。私が懇願して、英丹は聞き入れてくれるだろうか。いや、聞き入れてもらわなければならない。私は明神を殺してほしいなどと思ってはいないのだから。だから——。

「思いつめていらっしゃいますな」

不意に声がした。びくりとして窓から視線を外す。

いつの間にか、向かいの席に乗客が座っていた。

「そのお顔からすると、よほど深刻なことが起きているらしい。まるで人の生死がかかっているかのような」

一見すると八十歳を超えていそうな老人だった。頭部に髪はほとんどないのに、頬と鼻の下、そして顎は白く長い髭で覆われている。黄土色のゆったりとした衣を身に纏《まと》い、瘤《こぶ》のある木で作った杖を手にしていた。まるで仙人のような姿だ。

老人は私を見た。白く長い眉の下の瞳は叡智《えいち》の光を湛《たた》えている、ように見えた。

「袖すり合うも他生《たしよう》の縁。こんな爺《じじい》でよろしければ、事情をお聞かせねがえませんかな」

「はあ」

間の抜けた返事をしてしまう。急に話しかけられて、どう応じたらいいのか途方に暮れてしまったのだ。

「あなたは古賀音から逃げてきたので?」

「あ……いや、違います。逃げたんじゃないんです。ただちょっと東京に帰りたくて……」

「するとあなたは東京に向かわれているのですか」

「はい……もしかしてこの列車は東京に行かないのですか」

私がおずおずと尋ねると、

「さあ、どうですかな」

老人は意味ありげな笑みを浮かべる。

「この汽車が東京まで我々を連れていってくれるかどうか、それを決めるためにはまず、考えておかなければならないことがあります」

「考えておくこと？　いや、こっちが何かを決めるんじゃなくて、列車が東京に停まるかどうかだけわかればいいんですけど」

「そこです、問題は」

老人は杖の握りを私に差し向ける。

「東京に停まるかどうかを知るためには、まず東京を定義しなければなりませんな」

「東京を、定義？」

「そうです。東京とは何か。あなたはどう定義づけているのですか」

「そんなこと言われても……東京ってのは、日本の首都で関東にあって……それくらいですけど」

「なるほど。しかしそれは一面的な概念でしかない。それが証拠に、その定義にはあなた自身が含まれていない。東京を定義するあなたは東京とどんな関係にあるのですかな？」

「関係……いや、定義にそういうものを差し挟むのは間違っていると思いますが」

「あなたは何もわかっていない」

老人は首を振った。

「この場合の定義とは、定義する者との関連性でのみ語られるものです。あなたにとって東京とは何なのですか」

質問の趣旨が変わったような気がする。しかし自信に満ちて問いかける老人の態度に、疑問を差し挟む気力は萎えてしまった。

「私にとって東京は……生活の基盤です。大学に通うために上京して以来二十年近く、ずっと東京で生活しています。だから……いや、それだけです」

「それだけ。あなたにとって東京は、ただ生活をするための場所でしかないと？」

「そう、かもしれません」

「愛着はないのですか」

「暮らしているあたりには、多少なりと。でも引っ越してしまうと、前に住んでいた町もそれほど思い出さなくなります。初めて住んだ高円寺《こうえんじ》も、その次の巣鴨《すがも》も、今ではあまり思い出に残っていません。今住んでいるところも、引っ越したらそうなるでしょう」

「そうですか。あなたにとって東京とは、住処《すみか》が建っている地面でしかないわけですな」

「そこまで極端に考えているわけではないんですが……まあ、それに近いかも。何か問題でもあるんですか」

そう訊き返したのは、老人の言葉に少なからず反発を覚えたからだった。

「ありますな。あなたはこの汽車に乗ったこと自体が間違っていた。私と同じように」

「あなたと？」

「私もかつて、古賀音から東京へと向かうつもりでこの汽車に乗り込みました。あの町が嫌いで逃げ出したんです。そして東京で一旗揚げてやろう、みんなを見返してやろうと思った。しかし、それが間違いだった。そんな心積もりなら、この汽車に乗るべきではなかった」

「この汽車は東京行きではなかったんですか」

「いや、東京へは行きますよ。それどころかどこにでも行ける。しかし、決して降りることはできない」

「どういうことですか」

「私は汽車に囚われてしまったのです。乗り込んだあの日以来、ずっと乗客にさせられて、そのままです」

「……意味がよくわからないのですが」

私が言うと、老人は悲しそうな表情になって、

「停まらない汽車なんですよ、これは」

唐突に汽笛が鳴った。魔物の咆哮《ほうこう》のようだった。

「まさか……そんなことがあるわけが……」

「汽車は延々と夜の中を走り続けています。私はもう長い間、陽の光を見たことがない」

「冗談はよしてください。そんな馬鹿な……そうだ、現にさっき汽車は古賀音駅に停まりましたよ。だから私は乗ることができたんだ」

老人の世迷《よま》い言《ごと》を論破したつもりだった。しかし彼は、やる瀬なげに首を振る。

「あなたにとっては、そうなのでしょう。汽車は停まってあなたを乗せた。しかし私は汽車が停まったことを認識していない。ただ走り続けているだけです。そしてあなたが突然客車に現れた」

「突然？」

「降って湧いたようにね。以前にも同じことがありました。若い女性だった。突然現れ、突然消えた」

「その女性は、降りたのですか」

「多分そうでしょう。彼女は東京を愛していた。そこで生きることの意味を理解していた。だから帰ることができたんです」

「私は東京を愛していないから、ここから降りることができないと？　そんな……東京に住んでいる人間のどれほどが東京を愛しているというんですか」

私は怒りに駆られた。

「みんな漫然とあの街に住んで生きてるだけだ。東京をわざわざ愛してるような人間なんて、ほとんどいない。なのにどうして——」

「そういう人間は普通、この汽車には乗らないのです」

老人は言った。

「なのに乗ってしまった。私も、あなたも」

私は車窓の外を見た。暗闇に閉ざされた景色は深い。

「じゃあ……どうしたらいいんですか。私はどうしたら……」

「ひとつ、助言しましょう。もしかしたらあなたは、まだ間に合うかもしれない。もうすぐ——」

と、老人が話しはじめたとき、

「切符を拝見いたしまあす」

不意に声が聞こえた。震えるような軋《きし》むような、耳障《みみざわ》りな声だ。

見ると客車の入り口に駅で見かけたのと同じ制服を着た人物が立っている。同じ人間かと思ったが、シルエットはもっとほっそりとしている。ただその顔はなぜか暗く翳《かげ》っていて、よくわからない。

「切符を拝見いたしまあす」

さっきと同じ、耳障りな声がした。

「お聞きなさい」

老人が私に言った。切迫した口調だった。

「車掌に切符を見せてはいけません」

「え?」

「切符を見られてしまったら、もうあなたはこの汽車から降りることができなくなる」

「でも、じゃあどうしたら……」

「逃げるんです」

車掌はゆっくりと近付いてくる。

「切符を拝見いたしまあす」

「さあ」

老人が急《せ》かした。

「早く逃げなさい」

私は立ち上がった。車掌は体を揺らしながら歩いてくる。

反対側へと歩きだした。

「お客様あ」

背後から声をかけられた。

「切符を拝見いたしまあす」

「う……うわあああっ」

私は駆け出した。

一方の端に着くと、扉を開けて隣の車両へと移る。誰も乗っていなかった。

車両の中程まで来たところで、振り返る。ちょうど車掌がこちらの車両に移ってくるところだった。

「お客様あ、切符を拝見いたしまあす」

意識の中に雑音を紛れ込まされるような声だ。私はまた走り出した。

次の車両も空っぽだった。そしてまた次の車両。無我夢中で走った。

誰も乗っていない車両を次から次へと渡っていく。何度扉を開けても広がるのは同じ景色——無人の車両だ。扉を開けるたびに同じことを繰り返しているだけのような気がしてくる。

徒労感に襲われて足が鈍《にぶ》る。すると、

「切符を拝見いたしまあす」

あの声が追いかけてくる。私はまた走り出す。

そんなことがどれだけ続いたか。自分がいくつの車両を通り抜けてきたかわからなくなってきたとき、

「津久田様」

突然、声をかけられた。

座席に見覚えのある男が座っていた。

「英丹……！」

「ああ、やはり津久田様ですな。まさかここでお会いするとは思いませんでした」

黒いスーツに身を包んだ男は優雅に微笑みかけてきた。

「英丹、おまえどこに行ってたんだ？」

「いささか野暮用がございまして、少し遠出をしておりました。何かご用でしたか」

「いや、そうじゃないんだが……その野暮用って、もしかして誰かを殺しに行ったんじゃないだろうな」

「いえいえ、そうではございません。ただ久しぶりにこちらに戻りましたので、ちょっと物《もの》見遊山《みゆさん》でもと思いましてね。ところで津久田様こそ、どうしてこの汽車に？　失礼ながらあなた様がお乗りになるものではないと存じますが」

「何の因果か乗ることになったんだ。それも元はといえばおまえの……」

「私の？」

「いや、何でもない。どうやら私の杞憂《きゆう》だったようだ。そんなことより――」

「切符を拝見いたしまあす」

あの声が聞こえた。私は思わず悲鳴をあげた。

「津久田様、切符を見せていただけますか」

英丹が言った。

「いや、そんなことをしてる暇は。逃げなきゃ」

「逃げる前に見せてください」

彼は私を引き留める。気持ちが急いていたが、切符を差し出した。

「……なるほど、これではこの汽車から降りることはできませんな。永遠に乗客のままです」

「だから逃げてるんだ。あいつに追いつかれたら……」

「逃げても同じことですよ。永遠に逃げ続けるだけです。どっちにせよ、この汽車からは降りられません」

「じゃあ、じゃあどうしたらいいんだよ！」

私は思わず怒鳴っていた。

「落ち着いてください。まずここに座っていただけますか」

「そんな悠長なことを――」

「いいから座って」

珍しく強い口調で言われ、私は思わず向かい側の席に腰を下ろした。

「無事にここから降りる方法をお教えいたしましょうか」

「あるのか、そんな方法が」

「ございます。ただし」

英丹が薄く微笑んだ。

「お教えするにあたっては、ひとつ条件がございます」

「……まさか」

「そう。誰を殺したいのか、お教えいただきたいのです」

「だから、私は誰も殺したくないって言ってるじゃないか」

「いいえ、誰でも心の中にひとりかふたり、こいつを殺してやりたいと思う相手がいるものですよ。心の奥底にあるそんな思いをお教えいただければいいのです」

「でも……」

「そうでなければ、降りる方法はお教えできません」

「卑怯だぞ。そんな取引――」

「give and take というやつでございますよ」

「切符を拝見いたしまあす」

あの声が近付いてきた。もう同じ客車にいる。ゆらゆらと揺れながら、こちらに近付いてくる。

「もう時間がありませんよ。どういたしますかな？」

英丹が問いかけてくる。私は……。

「……わかった。後で教える。教えるから……頼む！」

「かしこまりました。では私の言うとおりにしてください。まずは私の同乗者ということにいたします。それで誤魔化せないか、やってみましょう」

「それでうまくいくのか」

「わかりませんね。でももし、うまくいかなかったら、そのときは車掌に言ってください」

「何を？」

英丹は私に近付き、耳許である言葉を囁いた。

「……それで？　それでいいのか」

「多分。さあ、来ますよ」

ゆらり、と揺れるように車掌が私たちの前にやってきた。

「お客様あ、切符を拝見いたしまあす」

英丹はためらいもなく、内ポケットから切符を取り出して差し出した。車掌はそれを受け取ると一瞥《いちべつ》し、それから軽く会釈して返してきた。

「こちらにいらっしゃる方は、私の主《あるじ》です。一緒に参りますので」

英丹は私を紹介する。車掌は暗い顔をこちらに向けた。私の首筋に冷たい戦慄《せんりつ》が走る。

「切符を拝見いたしまあす」

「ですから、同乗者なのですよ」

英丹は重ねて言った。

「わざわざ切符を確認しなくてもいいでしょう？」

車掌の動きが止まる。何か考えているように見えた。私は息を呑んで、その様子を見守った。

　ぐい、と車掌は私に近付いてきた。

「切符を拝見いたしまあす」

　帽子の下の顔を、まじまじと見た。いや、それは顔ではなかった。深淵のような暗い闇があるだけだ。私は悲鳴をあげた。

「やはり駄目でしたか」

　英丹が他人事《ひとごと》のように言った。

「致し方ありませんな、津久田様」

「そんな、そんなこと言ったって……！」

　車掌が伸《の》しかかってくる。気の遠くなりそうな闇が迫ってきた。呼吸ができない。

「津久田様、言ってください」

　英丹の声も遠くに聞こえる。意識が薄れかけていた。

「切符を拝見――」

「降りてくれ！」

　私は最後の気力を振り絞って、叫んだ。

「私と一緒に、この汽車を降りてくれ！」

自分の言葉が別の人間が発したもののようだった。時間が停まったような気がした。

すっ、と車掌が私から離れた。やっと呼吸ができた。私は咳き込んだ。

「本当ですかぁ?」

耳障りな声が一変した。

「本当に一緒に降りてくれますかぁ?」

「あ……」

「津久田様」

英丹が促《うなが》す。私は咳に引き攣《つ》った声で言った。

「本当だ。私と一緒に降りてくれ」

車掌は立ち尽くしていた。何の反応もない。

と、不意に汽車が減速するのを感じた。

「次はあ、古賀音え。古賀音え。お降りのお客様はお早くご準備くださあい」

汽車は更に速度を落とし、やがて停止した。

「さて、降りましょうか」

英丹が立ち上がる。私も彼の後についていった。

駅のホームに降り立つと、夏の夜風が頬を撫でた。腕時計を見ると十一時十一分。

汽笛が鳴った。汽車はゆっくりと走り出す。

それを見送ると、安堵の溜息が出た。

「得難《えがた》い経験でしたな」

英丹が言った。

「行先のない切符であの汽車に乗り込んで、しかも無事に帰ってくるというのは、なかなかの冒険ですよ」

「よしてくれ、そんなことをしたくて――」

「たしかに冒険などというものが似合う男ではないな」

すでに耳慣れた声がする。

「まったく愚かな奴だ。蛮勇というのも烏滸《おこ》がましい。ただの短慮だ」

「……悪かったな、伏女」

振り向くと、ホームに伏女と主税が立っていた。私を見て蔑みの笑みを浮かべている。

「主税、なんてことをしてくれたんだ」

私は主税に詰め寄った。

「おまえのせいで、危うく永遠に汽車から降りられなくなるところだったんだぞ。どうしてあんな汽車に乗せたんだ？」

「だって、英丹殿に会いたかったんでしょ。だから会わせてあげたんだよ」

主税はしれっとした顔で言う。私は彼と伏女を睨《にら》みつけ、言った。

「あんたたち、英丹がどこに行ったのか知ってたんだな。知ってて教えなかったな」

「知らんな」

伏女はそっぽを向く。代わりに主税が言った。

「英丹殿に言われたんですよ。津久田殿には黙っていてほしいと」

「どうして？」

「勝手にお暇《いとま》を頂戴するのは申しわけないと思いまして」

英丹が言った。あまり恐縮しているような口調ではなかった。

「暇ってなあ、別に私の部下ってわけじゃ……あ、そういうことなのか。あんたたちは私の――」

「勘違いするな」

伏女が言った。

「おまえは妾たちにとっては、ただの鍵だ」

「鍵？」

「この世に戻るために使った鍵、ということだ。それ以上でもそれ以下でもない。そんなことより、おまえはまたひとり、連れ帰ってきたようだな」

「は？」

「後ろを見ろ」

振り返ると、あの車掌が佇《たたず》んでいる。そうだ、こいつのことを忘れていた。

「ありがとうございます」

車掌は言った。妙に愛らしい声に変わっている。

「あなた様のおかげで、あの汽車から降りることができましたあ。このうえは、あなた様にしたがいますう」

「いや、それは……」

「一緒に降りろと言った以上、責任は取りませんとね」

英丹が言う。

「それは、おまえが言えと――」

「でなければ、あなたは永遠にあの汽車の乗客でしたよ。ところで、そろそろその制服は脱いでもよろしいのでは？」

後半の言葉は車掌に向けて言ったものだった。車掌は躊躇《ためら》っているようだったが、やがて制帽を脱ぎ、制服を脱いだ。

「……これは」

私は思わず声をあげた。制服の下にも制服があった。古風なセーラー服だ。

車掌は帽子に隠していた長い髪を翻《ひるがえ》し、私に一礼した。

「あらためましてこんにちはあ。わたし、愁李《しゅうり》と申しまあす」

見た目は十五、六歳くらい、色白で古風な顔立ちの少女だ。

「あんたが……あの車掌さん？」

「ずっとバイトしてましたあ。本業は水神《すいじん》です。これからはよろしくう」

愁李と名乗った少女は、にっこりと微笑んだ。

「水神……」

私は混乱していた。セーラー服を着た水神が車掌のバイト？

「お取り込みのところ申しわけありませんが、お約束を果たしていただけますか」

英丹が私の前に立つ。

「誰を殺したいのか、仰ってください」

「そんな……ただでさえ訳がわからない状況なのに、そんなこと……」

「約束しましたよ。必ず教えると」

「でも……」

「約束は守っていただきます。さあ」

英丹が迫ってくる。いつになく気迫が籠《こ》もっていた。私は追いつめられた。

「さあ」

「それは……」

「誰ですか」

「それは……」

耐えきれなくなった私は、ついにある名前を口にしてしまった。

津久田舞々は活字を拾う

1

目の前に木製の手摺《てす》りがある。腰くらいの高さで半円形に私を取り囲んでいる。

なるほど、これが被告席というものか。そんなことを思った。

え？　被告席？

周囲を見回す。正面には厳《いか》めしい顔付きの老人が壇上から見下ろすように座っている。両脇にも男たちが座り、そして背後には多くの人の気配がする。

何が起きているんだ？　私は声をあげかける。

静粛《せいしゅく》に。被告は私語を慎《つつし》むように。

正面の老人が、すかさず私を制した。そして言った。

では検察から、この被告人の悪辣《あくらつ》極まりない罪状について説明を。

左側にいた丸い顔の男が立ち上がり、私を睨《にら》みつけながら話しはじめた。

本件につきましては、すでにここにいらっしゃる方々すべてがご存知のとおりだと思いますが、あらためてこの被告人の悪辣極まりない所業について申し述べさせていただきます。

この男は史上最悪の卑劣漢です。かつて例を見ないほどの犯罪人です。想像を絶する悪徳の使徒です。同じ空間で同じ空気を呼吸していることさえ汚《けが》らわしい、同じ時代を生きているというだけで呪わしい、真に憎むべき人類の敵です。このような存在をこのまま野放しにしておくことは、公共の福祉を著しく阻害するだけでなく、世界の治安を極限まで危うくする事態を招きかねません。この上は一刻も早く、被告人を厳しく断罪すべきと考えます。

男は顔を紅潮させ歯茎を剝き出しにして私を罵《ののし》った。その悪意の苛烈さに思わず息が詰まりそうになった。

よくわかりました、と正面の老人が言った。では続いて弁護人、陳述を。

右側にいた面長の男が立ち上がる。ひどく悲しそうな表情をして、こちらを見ようとはしない。

私は、法の定めにより当被告人の弁護人となりました。しかしこれは私の本意ではありません。彼のような悪人の弁護をしたい者など、どこにいるというのですか。きっと私は、こいつを弁護した人間ということで一生汚名を背負うことになるでしょう。私だけでなく家族も子孫も、末代まで呪われるのです。私はこの世の誰よりも哀れな人間です。どうかお慈悲を。せめて憐憫《れんびん》の情を賜《たまわ》ることができればと思います。これを私の弁護の言葉とさせていただきます。

男は泣きながら席に着いた。

続いて検察は求刑を、と老人が告げると、丸い顔の男が立ち上がり、先程より顔を赤くして、言った。

被告が処せられるべき刑は明白であります。この男の罪に斟酌《しんしゃく》されるべき要素は皆無だからであります。こんな獣みたいな――。

異議あり、と面長の男が泣きながら立ち上がった。

今の検察の発言はすべての動物に対する侮辱です。発言の撤回を申し入れます。

異議を認めます、と老人が即決する。丸い顔の男は神妙な顔になり、
失礼いたしました。言い換えます。こんな獣にも劣る愚劣な男には極刑以外あり得ません。

拍手の音がした。手を叩いてるのは面長の男だ。弁護人が泣きながら賛同している。

なんだこれは。どういう茶番なんだ。私は怒りで目前が暗くなる。

最後に被告人、何か言うことは。

あるとも。私はこの噴飯ものの裁判を非難する言葉を口にしようとした。だがその前に老人が付け足した。

自分が何をしたのか、ちゃんと考えてから申し述べるように。

何をしたのか……私は、何をしたのか。こんな理不尽な裁判を受けるようなことをしたというのか。私は……。

そのとき、雷に打たれたような衝撃を受けた。そうだ、私は罪を犯した。到底許されるこ

とのない、醜悪な罪だ。そのことを私は知っている。どうですか。自分の罪を認識してなお、自己弁護の言葉を申し述べることができるというのですか。

老人の鋭い視線が私を射た。

いいえ、としか言えなかった。

では判決を申し述べます、と老人は言った。

被告を死刑に処す。この刑は即時執行されるものとする。

背後で歓声が起こる。振り返ると傍聴人席にいる無数の人々が一斉に立ち上がり、騒ぎ立てている。誰もが残忍な笑みを浮かべ、私に非難の視線を向ける。

彼らの席の真ん中に一本の通路があった。その先に明かりが灯る。

頭上からの光に浮かび上がるのは一本のロープ。先端に丸い輪がある。

そうか、この場で死刑になるのか。

私の足が歩きだす。自分の意思とは無関係にロープに向かって進みだす。

やめてくれ。死にたくない。そう心の中で叫びながら、しかし足は一歩ずつ刑場へと向かう。

階段があった。これが話に聞く十三階段か。ゆっくりと上っていく。

やはり私は死ななければならないのか。自分が犯した途方もない罪のために。

階段が尽きた。ロープの輪は眼前にある。私はその輪に自分の首を差し入れた。

さよなら世界。さよなら益体《やくたい》もない世界。そう心の中で呟きながら、その時を待つ。

不意に足下が消えた。同時に軽い落下感。

喉が一気に締めつけられた。

歓声がまだ聞こえる。私の死を楽しむ声だ。

さよなら世界。さよなら……。


――もしもし、もしもおし。

遠くから呼びかける声がする。

――起きてくださいよお。起きてくださいよお。

少しずつ、その声が近くなってくる。私は身震いをして、その声に反応する。

そして、眼を開けた。

「あ、やっと起きました」

目の前に、顔がある。

わっ、と声をあげて、私は飛び起きた。

「なにびっくりしてるんですかあ？　せっかく起こしてあげたのにい」

語尾を伸ばす口調で語りかけてきたのは、セーラー服を着た少女だった。

「……愁李《しゅうり》、か」

「そうでえす。愁李でえす」

少女はにっこりと微笑みかけてくる。さらさらの長い髪、透き通るように色白な顔、ほっそりとした指、まるで絵の中から抜け出してきたような容貌ではある。しかし私は彼女が顔を近付けてくると思わず身を退《ひ》いてしまう。あの夜汽車で追いかけられたときの恐ろしさが忘れられないのだ。

「なんだかうなされてたみたいですけど、どうかしたんですかあ？」

小首を傾げるようにして、彼女は問いかけてくる。屈託のない表情だ。

「何でもない。何でもないんだ」

私はそう言いながら周囲を見回す。ここは自分の部屋だ。私は椅子に腰かけている。傍《かたわ》らの机にはノートパソコンが開かれたままになっている。どうやら原稿を書いている最中に寝入ってしまったらしい。

マウスを少し動かすと、ディスプレイに文字が浮かび上がった。

古賀音《こがね》に到着して以来、私はずっと混乱している。出会う者、起きること、すべてが常軌を逸しているからだ。この町のことを書いてくれと言われても、まともなものを書けるとは思えない。きっと支離滅裂で意味不明なものにしかならないだろう。私はホラー作家だが不条理なものを受け入れられるような人間ではない。わけのわからないものに振り回されるのも我慢できない。このままでは私はどうにかなってしまうかもしれない。契約書を破棄して逃げ出すべきなのだろうか。いや、逃げるといってもどこに逃げればいいのだ？　私は切羽詰まった状態でここに来た。東京に戻っても違う意味で我慢できない状況に陥るだけだ。本当に厭《いや》だ。こんなのは耐えられない。できればすべてのことから逃げ出してしまいた私は英丹《えいたん》に命じた彼を殺せと言った私は殺人者だもうすぐ人殺しになる彼は死ぬだろう私は罪を背負っ

そこに表示されている文字列を見つめながら、私は首を傾げた。こんなもの、いつ書いたのだろうか。私は毛見《けみ》町長との契約による創作のために、まずこの古賀音の町に来て以来見聞きしたことを文字に起こしていたはずだった。こんな愚痴めいたことを書き連ねた覚えはない。ましてや最後の文章なんて……私は殺人者？

不意に思い出した。そうだ、私はたしかに英丹に告げた。殺したい相手の名前を教えたのだ。

「英丹……」

「英丹さんなら、出かけましたよお」

愁李が言った。

「出かけたって、どこに？」

「わかりません。でも、とっても楽しそうにしてましたよお」

厭な予感しかしない。

「どうしたんですかあ？　ご気分悪いんですかあ？　雨でも降らせましょうかあ」

「気分なんかどうでもいい。ていうか、どうして雨なんだ？」

「だってわたし、水神《すいじん》ですからあ」

そう言うと愁李はくるりと一回転して手を叩いてみせた。

「はい、降りまあす」

ずいぶんとあっさりした呪《まじな》いだ。しかしそんなことを気にしている暇はない。私は部屋を飛び出し、片喰《かたばみ》邸の玄関に出た。

と、不意に陽差しが翳《かげ》るのを感じた。見上げると夏の青空に墨を流したような積乱雲が広がりつつある。雲は見る間に空を制し、やがて大粒の雨が落ちてきた。

「はい、降りましたあ。いかがですかあ」

いつの間にか後ろに来ていた愁李が嬉しそうに言った。

返事をする間もなく叩きつけるような豪雨が私に降りかかってくる。服を着たままシャワーを浴びているような状態となった。たまらず片喰邸に戻る。

「なんだこの雨は」

「だから舞々《まいまい》さんのために降らせたんですよお。喜んでいただけましたかあ？」

「どうして私が雨に濡れて喜ばなきゃならないんだ？」

「だってみんな昔から喜んでくれましたよお。あめあめふれふれって」

「そんなの私は――」

「そんなの君は望んでいない、だよね」

声に振り返る。エントランスの長椅子にひとりの少年が腰かけていた。直垂《ひたたれ》に烏帽子《えぼし》という相変わらずの格好をしている。

「愁李、このひとは雨が嫌いみたいだ」

少年――主税《ちから》は言った。

「えぇ？　どうしてですかあ？」

「農耕の民ではないからだよ。だから僕のことも敬《うやま》わない。稲穂《いなほ》一房でも大事に思う人間なら、僕や愁李を畏《おそ》れ崇め奉《たてまつ》るだろうにね」

「でも舞々さんはいいひとですよお。一緒に汽車から降りようって言ってくれたしい」

「まあ、お人好しではあるね。それだけ利用価値は高い」

「利用価値って何だ？」

私は思わず声をあげる。

「おまえたち、私をどう利用しようとしてるんだ？　そもそもおまえたちの目的は何なんだ？」

「目的？」

主税は大袈裟《おおげさ》に首を傾げてみせた。

「そんなの考えたこともなかったな。伏女《ふしめ》様、僕たちの目的って何だろうね？」

「決まっておるだろうが」

また背後から声がした。

「妾《わらわ》たちに目的などという下賤《げせん》なものは無縁だ」

声の主が私の前に立った。白い着物におかっぱ頭の幼女だ。

「気儘《きまま》にふるまい好き勝手にしておればよい。人間の思惑ごとき斟酌するなど無用よ。特にこの男のことなど、無視しておればよい」

「言ってくれるな」

私は幼女――伏女を睨みつけた。

「偉そうなことを言ってるが、あんたたちはみんな封じられていたんだろうが。どうせ何か悪さをして徳のある僧か誰かに懲《こ》らしめられてたんだ。それを私が解放してやったんだぞ。もう少し感謝してもらいたいものだな」

「封じられていた？　懲らしめられていた？　妾たちがか？　これは笑止」

伏女は口の端を歪めて嗤《わら》った。

「おまえは何ひとつわかってはおらんな。妾たちをこの世に戻したということがどういうことかも」

「どういうことなんだ？」

「知りたかったら日記を読め」

「日記？　片喰鐵山《てつざん》の日記のことか」

「そうだ。あれを読めば何かしらのことがわかるだろうて」

「言われなくても読みたいんだ。だけど、鍵が掛かっていて読めないじゃないか」

「おまえの眼は節穴じゃのお」

伏女はまた嗤《お》った。

「妾と初めて会うたとき、目の前に手掛かりがあったのに、とんと気付かなかったと見える」

「手掛かりだと？　どこにそんなものがあった？」

「ここに来てからのことをよくよく思い出してみることだな。さて主税に愁李、こんな奴は放っておいて山の散策に行かぬか。田方山《たがたやま》がそろそろ準備に入るようじゃぞ」

「それはそれは。様子見に行きましょうか」

「そうしましょお」

三人はたちまちのうちに姿を消した。

「なんなんだ、あいつら」

私は思わず舌打ちをする。そして自分の部屋に戻ると、ひどい疲労を覚えて椅子に座り込んだ。

英丹のことは気になる。とても気になる。しかし今はどうすることもできない。毛見との契約を破って東京に行くこともできなかった。今はただ、英丹が私の言葉を真に受けず何もしないでいてくれることを祈るしかなかった。

そもそも祟《たた》り神だからといって誰かを必ず祟らなければならないというのも理不尽な話だ。そんな与太話を信じなければならない根拠もないし。

そのとき、ふと思った。英丹は本当に祟り神なのか。たしかにこの世の者ではないことはわかるが、神なのかどうかわからないではないか。英丹だけではない。塞《さい》の神と名乗った伏女にせよ稲荷神《いなりのかみ》と称した主税にせよ自らを水神と言った愁李にせよ、本当にそんな神なのだろうか。もしかしたら嘘をついているのではないか。

いや、愁李はたしかに雨を呼んだ。

窓の外を見る。あの恐ろしいまでの豪雨はあっさりと止んで、また夏空が戻ってきている。やはりあれは愁李の力なのか。

いやいや、あれは偶然かもしれない。たまたま俄《にわ》か雨が降っただけで、愁李のせいではないのかもしれない。

そうだ、きっとそうだ。あいつらはみんなペテン師だ。雨を降らせる力なんかない。人を祟り殺す力なんかないのだ。

私は自分にそう言い聞かせた。そうやって自分を安心させようとした。そのとき、ノックの音がした。

え、と思った。この屋敷には私の他には伏女たちしかいない。ドアをノックするような人間はいないのだ。

またドアがノックされる。私はおそるおそるドアを開けた。

「やあ、いらっしゃいましたね」

そこにはでっぷりとした省エネスーツの男が、にこやかに立っていた。

「毛見さん……」

「玄関で呼びかけたんですが、返事がなかったので入ってきてしまいましたよ」

「ああ……そうでしたか。すみません。気が付かなくて」

「いいんですいいんです。ところでご執筆のほうはいかがですかな？　進んでおられますか」

「は、はあ。まあ……」

私は無意識に机の上のノートパソコンに眼を向けた。ディスプレイにはあの愚痴と意味不明の言葉の羅列が表示されたままになっている。

「結構結構。よろしくお願いしますよ。津久田《つくだ》先生の言葉の霊力には大いに期待しておりますので」

「霊力だなんて、そんな……」

「謙遜《けんそん》なさらなくとも。先生が繰り出す言葉の一字一句に籠《こ》められた力が、きっと私どもの町の活性化に役立ってくれるはずです。なにせもうすぐ夏祭ですからな」

「はあ」

夏祭と私の書いているものにどんな関係があるのかわからないが、頷いておくことにした。

「今年の夏祭は素晴らしいものになりますよ。今から楽しみでなりません。我等が古賀音もまた大きく飛躍することになるでしょう。きっと上を下への大騒ぎになりますよ。世の中はすでに大騒動になっておるようですがね」

「大騒動って、何かあったんですか」

「おや、ご存知ないですか。今日の朝刊でも一面にでかでかと載ってましたが」

「ここには新聞が来ないので。あの、前から食料と一緒に新聞ももらえないかとお願いしているんですが……」

「ああ、そうでしたな。善処いたします」

「よろしくお願いします。それで大騒ぎというのは？」

「ああ、そうでした。国が一変する騒ぎですよ。なにせ首相が亡くなったのですから」

「え……」

「昨夜、突然倒れて病院に運ばれたそうですが、深夜になって死亡が発表されたとのことです。いやあ、驚きましたな」

毛見の言葉が遠くに聞こえた。私は自分が意識を保っているのかどうかさえ、わからなくなっていた。

まさか。

どれくらい、そうしていたのかわからない。そのまま私は動けないでいた。

なんて、ことだ。なんて……。

「どうかされましたかな？」

声をかけられた。毛見だと思った。だが、目の前にいたのは黒いスーツに身を包んだ老人だった。

「ご気分でもお悪いのですか、津久田様。お休みになられたほうがよろしいのでは？」

「英丹……おまえ……」

「はい、帰って参りました」

英丹は深々と一礼する。

「……やったのか」

「は？　何でございますか」

「やったのかと訊いているんだ」

私の問いかけに、彼は意味ありげな笑みを返した。

「津久田様は私に彼の名前を告げられました」

「ああ、だけど本気でそんな――」

「彼は亡くなりました。そういうことでございます」

その言葉が止《とど》めだった。私はその場に崩れ落ちた。

2

私は政治には無関心な人間だ。支持政党などなく投票にも行ったことがない。政府のやることに対して人並みに不平不満を持つことはあっても、反対運動に身を投じるなどという過激なことは考えもしない。むしろそうした問題には眼を瞑《つむ》り耳を塞《ふさ》ぎ口を閉ざして生きていた。当然のことながら時の首相に対して好意も悪意も持ったことはない。

英丹に彼の名前を言ったのも、他意はなかった。身近な人間に迷惑をかけたくなかったから、自分とは縁がなくてすぐに思いつく名前を咄嗟《とっさ》に口にしてしまっただけなのだ。

なのに、こんなことになるなんて。

私は朝刊の一面を見つめながら、途方に暮れていた。

古賀音町役場の応接室で、私は形の崩れたソファに座って新聞を開いていた。毛見の言葉を信じなかったわけではないが、自分の眼でニュースを確かめたくて新聞を読みに来たのだ。

記事によると首相は昨夜十時過ぎ、国会議事堂内で急に倒れたらしい。そのまま病院に運ばれ処置を受けたが、午前零時過ぎに死亡が確認された。死因は急性心筋梗塞と見られているが、これまで首相は心臓の不調を訴えたことはなかったという。

続く首相の経歴や功績についての記事はもう、読む気にはなれなかった。新聞から顔を上げると、額に入れられた「古賀音十訓」の文字が眼に入ってくる。片喰鐵山の名前が記された書だ。その中の「人を愛せよ」という言葉に自分が責められているように感じられて、私は深い溜息をついた。

と、突然応接室のドアが開き、いつもの女性職員が入ってきた。思わず飛び上がりそうになる。

「いただきものですけど、これ食べます？」

盆に乗せられていたのは番茶が注がれた湯飲みと小皿に載せられた羊羹《ようかん》だった。

「あ……どうもありがとうございます」

礼を言って湯飲みに手を伸ばす。番茶はひどく苦かった。すかさず黒文字で羊羹を切って口に運ぶ。意外に上品な甘さが舌に心地よい。こんなときでも美味《うま》いものは美味いと感じるようだ。

「今朝からずっとテレビでもこのニュースやってますねえ。大騒ぎみたい」

女性は盆を抱えたまま言った。

「知ってます？　このひと、古賀音の出身なんですよ」

「このひとって、首相が？　でもこの記事には山梨出身って書いてあるけど」

「生まれてすぐ向こうに移ったんですって。でも生まれはここ。今でも親戚の方が住んでますよ」

「へえ」

それは意外な話だった。

「じゃあ、今頃はその親戚、大騒ぎしてるだろうね」

「どうでしょうね。会いに行ってみます？」

「いや、別にそんな――」

私が言い終えるのも待たず、女性は応接室を出ていく。そしてすぐに戻ってきた。

「この高上《たかがみ》さんって家が、そうですから。この役所を出て左に曲がってね、町道沿いの緑色の屋根の家」

差し出された紙には高上三五《さんご》郎《ろう》という名前と住所が記されていた。住民票から引き写したのだろうか。町民の個人情報をこうも簡単に洩らしていいのかと不安に思ったが、わざわざ口には出さなかった。代わりに言った。

「ご馳走様でした。そろそろ戻ります」

応接室を出ると、役場に置かれているテレビ——今どきまだブラウン管だ——が眼に入った。政治評論家という肩書を背負った男が気難しい顔で喋っている。

——もちろん影響は計り知れないものがありますよ。首相はこの国の形を変えようとしていました。当然それに反対する勢力もありましたが、首相は持ち前のバイタリティで反対勢力の無力化も進めてきました。それが一気に途絶えてしまうのです。残念でなりません。

それ以上見ていられなくて、役場を出た。

太陽は午後の陽差しを容赦なく私に降り注いでくる。いつもどおり、人の姿はどこにもない。そんな中をとぼとぼと歩いていく。

歩きながら考えた。やはり警察に自首するべきなのだろうか。私は首相を殺しました。祟り神に命じて殺したのです、と。いや、それは駄目だ。そもそも私の言葉を信じてもらえるとも思えない。きっと頭がおかしいと思われるに違いない。たとえ信じてもらえたとしても、私を罪に問うことはできないだろう。自分の手で首相を殺したのではないからだ。殺人教唆《きょうさ》には当たるかもしれないが、相手が祟り神では法律で裁くことも不可能だ。

私は期せずして完全犯罪を果たしてしまった。決して罪に問われることのない殺人だ。これで良心の呵責《かしゃく》さえなければ、何の問題もないだろう。しかし私は小心者だ。人をひとり殺してしまったという自覚から逃れることはできない。この辛《つら》い思いをずっと引きずって生きていかなければならない。

せめて、誰かにこの罪を打ち明けたい。心に秘めたままでは胸が張り裂けてしまうかもしれない。誰か……誰に話せばいいのか。

ふと思いついたのが、明神《みょうじん》だった。だが、すぐにこの考えを打ち消した。彼に話したら面白がるばかりで、きっとこれで一本小説を書かせるに違いない。とても親身になって聞いてくれるとは思えない。いや、親身でなくてもいい、打ち明けるべき相手にちゃんと話したい。私は町道の真ん中に立ち尽くした。誰かそんな私の話を聞いてくれるひとはいないのか。

ふと思い出して、ズボンのポケットに手を入れる。折り畳まれた紙切れが出てきた。高上三五郎の名前が書かれている。首相の親戚か。

住所を確認した。いまだこの土地に疎《うと》い私には、それがどこなのかわからない。でも職員の女性が言ったことは覚えていた。役所を出て左に曲がって町道沿いの緑色の屋根の家。

顔を上げる。目の前に緑色の屋根瓦を載せた民家があった。近付いて表札を確認する。

「高上」とあった。

これも縁というものだろうか。私は戸口にある呼び鈴のボタンを押した。

自分が何を考えているか、自分でもよくわかっていない。首相の親戚だからといって、私の話を聞いてくれるわけでもないし、信じてくれるとも思えない。しかし今の私には、他に話すべき相手が思いつかなかった。

がたり、と玄関の引き戸が揺れ、開いた。顔を出したのは八十過ぎくらいに見える老人だった。頬骨の形がくっきりとわかるほど痩せていて、髪が薄い。しかし身長は私より高く、背筋はぴんと伸びていた。

「どなたかな？」

老人は言った。嗄《しゃが》れていたが、聞き取りにくくはない声だ。

「あ、あの……私、津久田舞々と申します。今、片喰鐵山の邸宅を借りて住んでいる者です」

「片喰鐵山先生……ああ、町長が言っておった方か。たしか古賀音のことを小説にするとか。何かご用かな？　もしかして、わしに話を聞きに来なさったか」

「あ、はい、そうです。じつは――」

「なるほど、わしのことも小説になるのかね。それはいい。いくらでも話をしましょうか。さ、どうぞ中へ」

老人は私の言葉を最後まで聞かず、半ば強引に中に招き入れた。

「はい……では、お邪魔します」

家の中はきれいに整理整頓されているようだった。廊下は艶光《つやびか》りしていて、埃《ほこり》ひとつ落ちていない。

案内された奥の部屋は和室を洋風に改装していた。畳の上にカーペットが敷かれ、テーブルと椅子が置かれている。壁際のサイドボードには洋酒の瓶とグラスが収められ、壁にはルノワールの複製画が掛けられていた。老人は手際よくインスタントコーヒーを淹《い》れはじめる。

「年寄りの独り暮らしで無調法だが、我慢してくだされよ」

そう言って差し出されたカップはジノリだった。

「ありがとうございます」

礼を言い、カップに口を付けた。インスタントなのに香りがふくよかで味わいも驚くほどよかった。このメーカー、いつの間に改良をしたのだろう。

いや、インスタントコーヒーの味に驚いている場合ではない。話をしないと。

「高上三五郎さん、ですね。町役場で聞いてきたんですが――」

「そう、私が高上です。役所で何を聞いてきたか知らんが、わしが話したいのは昔の仕事のことです。先生も興味あるでしょうしな」

「昔の仕事というと?」

つい、訊き返してしまった。高上は満足そうに頷き、

「わしは中学を出てすぐに東京に出たんです。そして就職したのが印刷会社でした。そこで先生のような方々が書いたものを本にしておりました。活版印刷はご存知ですな?」

「名前だけは」

「原稿に従って活字を組み印刷する。これでも文選工としては結構経験を積んだのですよ」

「ぶんせんこう、といいますと?」

「版を組むために必要な活字を活版ケースから拾い出すことを専業としていた職人です。わ

しは三十四年間、それればかりをしておりました」

作家デビュー以来すべてデータでやりとりをしているので、そうしたアナログな方式のことはほとんど知らなかった。

「面白い職場だったんでしょうね」

「そりゃもう。仕事は単調だが、新しいものを作り出しているんだという矜持《きょうじ》がありました。わしは学はありませんが、文化の一端を担っているとは思ってましたよ」

しみじみとした口調で、高上は言った。

「しかし最近ではもう流行《はや》らないやりかたですな。先生のご本で活版印刷されたものは？」

「多分、ないと思います」

「やはりね。時代とはいえ寂しいことですわ。就職以来ずっと磨いてきた技術も、今では無用の長物です。二度と日の目を見ないまま埃を被っております。そうだ、先生にご覧にいれたいものがあるんですがな」

「何ですか」

「活版印刷の仕事の道具です。先生の作品の一助となれば、わしとしても本望です」

そう言うと高上は私を外に連れ出した。

「庭に物置がありましてな、そこに全部置いてあるんですわ」

それは物置というより倉庫のような建物だった。母屋ほど古くはないようだった。その扉を開けると彼は私を中に引き入れた。インクの匂いがした。

最初は真っ暗で何も見えなかったが、高上が照明を灯してくれた。

「これは……」

私は思わず息を呑んだ。一面に木製の棚が作られ、見たことのない機械や道具類が収められている。

「勤めていた会社が活版印刷をやめると決めたとき、わしは社長に懇願《こんがん》して道具類一式を引き取らせてもらったんです。活版は貴重な文化だから後世に残さねばならんと考えましてね」

高上は収蔵品のひとつひとつを説明した。組版をする植字台は、その上に置かれた組盆に活字を並べて版を組む。罫線《けいせん》を必要な長さに切る罫切り器や四角い輪郭線を組むために角を切る斜め切り器なるものがあるというのも、初めて知った。そもそも罫線や輪郭線を切って組んでいるとは思わなかった。他にも組版整理棚や校正印刷機、輪転印刷機など、古風で味わいのあるものが置かれている。

しかし一番の驚きは、壁一面に設《しつら》えられた活字棚だった。話には聞いたことのある鉛製の活字が大小様々に保管されている。

「これは、いくつあるんですか」

「正確に数えたことはないが、十万字は下らないでしょうな」

高上は言った。

「わしが仕事で使っていたもの以外でも、印刷会社が潰れたり活版をやめたりして不必要になった活字を貰《もら》い受けたりして集めました」

十万の文字。それだけで頭がくらくらしてきた。

「これはたしかに活字印刷の博物館ですね。立派なものだ」

「なんのなんの、それほどのものでもありませんて」

高上はまんざらでもない表情になる。

「いや、たいしたものですよ。しかし、これだけの物をみんな無料で譲り受けたんですか」

「ただ同然のものもありますがな、まあ、それなりに金のかかるものもありました。印刷機なんぞはわしのような貧乏文選工には到底手の届かんものでしたよ」

「ではどうやって……」

「恩人のおかげです。資金援助をしてくれた御方がおります」

「それは、誰ですか」

私の問いに、高上は誇らしげに答えた。

「片喰鐵山先生ですわ」

「鐵山が？」

「晩年の鐵山先生とは面識がありましてな。わしの話を面白がって金を出してくださったんです。おかげでこの物置も建てられました」

「鐵山はそんなこともしてたんですか」

「立派な方でしたよ。特にこの」

と、彼は活字棚から一本の鉛を引き抜いた。

「この活字というものに興味を持たれましてな。いずれはご自分で書かれた自伝を活版印刷で本にしたいと仰《おつしや》っておられました。結局その夢は叶いませんでしたが……あ、でも活字は大いに利用されたと」

「どうやってですか」

「それはわしにもわかりませんが、生前そう仰っていたのでね。自分の秘密は活字で封印されているとか何とか」

秘密を活字で封印……どういう意味だろうか。

私は整然と並べられた活字の一本を手に取った。五ミリ四方の大きさで「舞」の字が裏返しになっていた。

舞……私の名前だ。

ちらりと高上のほうを見た。懐かしむように活字棚を見上げている。私には注意を向けていない。

手の中の活字をポケットに落とした。

3

帰ってきてから高上の家に行った目的のことを思い出した。そうだ、私は首相のことで彼に謝りに行ったのだ。

謝りに？　今更そんなことをしてどうする。しかもどれくらい懇意だったのかもわからない親戚に何を謝るというのだ。あなたの親戚を祟り神に呪い殺させたのは私です、だなんて、そんなことを言われて向こうも困惑するだけだろう。

「何もかも、無駄なんだ……」

そう呟き、ベッドに倒れ込んだ。

太股のあたりに違和感を覚える。ポケットに入っているもののせいだ。

取り出してみて、小さな罪悪感が疼《うず》いた。結局それを持ってきてしまったのだ。

起き上がり、机の抽斗を開ける。中に入っていたスタンプ台を取り出すと、活字にインクを押しつけた。

それを自分の指先に押しつけてみる。「舞」という字が、はっきりと記された。

その文字を、しばらく眺めていた。

「惜しいな」

不意の声に驚かされた。起き上がると、部屋の片隅に幼女の姿があった。

「そこまで辿り着いていながら、あと一歩が足りぬ。やはりおまえは阿呆だ」

「意味がわからない。何の話だ？」

「それは鍵ではない、と言っておるのだ」

そのとき、かすかに部屋が震えたような気がした。

「……地震か!?」

「違うな。あれは恐らく――」

「伏女様ぁ」

愁李が部屋に姿を現した。

「だいぶ動きが出てきてますよお。もしかして夏祭より前になりませんかあ？」

「いや、そんなことはあるまいが、とりあえず確認してみるか」

そう言うとふたりは現れたときと同じように唐突に消えた。

「おい、どういう意味だ？　何がどうなっているんだ？」

私が呼びかけても、返事はなかった。いささか途方に暮れながら、私は手にした活字を見つめた。

「鍵ではない……鍵……」

思いついたことがあった。机の上に置いたままの本――片喰鐵山の日記帳を手に取る。革のベルトが巻かれて開くことはできない。ベルトは金属の帯で留められていて、その中央に四角い穴が開いている。

その穴に、持っている活字を差し込んでみた。サイズはぴったりだった。しかし、押し込んでみても回そうとしてみても、何の変化もなかった。

「……違うのか」

そのとき、高上の言葉を思い出した。

――自分の秘密は活字で封印されている。

片喰鐵山が本当にそう言ったのだとしたら、やはりこの日記を開ける鍵は活字なのではないか。

「……そうか、別の文字なんだ」

何か特定の活字が鍵になっているに違いない。しかしその文字が何なのか、皆目わからなかった。

私は日記と活字を持ったまま屋敷を出た。そして庭を抜けて例の祠《ほこら》の前にやってきた。

「伏女！　いないのか。どの文字が鍵なのか教えてくれ」

返事はない。先程愁李に呼ばれてどこかに行ってしまったらしい。

「くそっ」

悪態をつきながら、それでも未練がましく祠の扉を開けて中を覗いてみる。やはり中は空っぽだ。

【日月火木無き教え、その一に五を合わせ捺《お》すべし】

内壁に貼られた紙の呪文めいた文言が眼に入ってきた。

――妾と初めて会うたとき、目の前に手掛かりがあったのに、とんと気付かなかったと見える。

伏女はたしか、こう言っていた。初めて会った場所は、この祠だ。ということは、もしかしたらこの文言が手掛かりなのか。

私は祠の前に座り込み、考えはじめた。【日月火木無き教え】とは何のことなのか、【その一に五を合わせ捺すべし】とはどういう意味なのか。しかしどんなに考えても、意味がわからない。

どれくらいそうしていたのか。素直に教えてくれるとは思えないが、やはり伏女に訊くしかないのか、などと弱音を吐きながら腕時計で時刻を確かめた。

そして、気が付いたのだ。

腕時計の文字盤には「火」の文字が表示されている。今日は火曜日……。

「……そうか」

【日月火木】とは曜日のことだ。それが無いというのは、つまり「水」と「金」と「土」はある、ということなのだ。

水と金と土のある教え……。

「……あ」

思わず声をあげていた。立ち上がり、駆けだす。

町役場に到着した頃には汗だくになっていた。しかし気にしている余裕はない。

「あれ？　どうしたんですか」

女性職員に声をかけられたが返事もせず、私は応接室に飛び込んだ。

そして、あの額の前に立った。

【古賀音十訓】

【人を愛せよ】

【家族を愛せよ】

【土を愛せよ】

【作物を愛せよ】

【夢を愛せよ】

【時を愛せよ】

【故郷を愛せよ】

【水を愛せよ】

【歴史を愛せよ】

【金を愛せよ】


「やっぱりな」

私は頷いた。この十訓には「土」と「水」と「金」がある。あの文言が指しているのは、これに違いない。では【その一に五を合わせ捺すべし】とは何なのか。

この謎はあっさりと解けた。十訓の一番目と五番目に挙げられているのは「人」と「夢」だ。これを合わせると……「儚」。

鍵は「儚」だ。私は役場を出て、高上の家へと向かった。

時刻は夕刻を過ぎ、陽が落ちかけていた。緑色の屋根は空の茜《あかね》を映して暗い影を宿している。

呼び鈴を押した。しかし返事はない。声をかけてみたが、応答はなかった。私は即断した。庭に回り込み、あの物置の前に立った。

扉には鍵は掛かっていなかった。迷わず開ける。明かりを灯して活字棚に駆け寄る。無数の鉛が詰め込まれている。この中から一本を見つけ出すことができるだろうか。いや、やってみるしかない。私は活字に手を伸ばしかけた。

「何を捜してるんだね？」

背後から声をかけられた。

「わしの大事な活字を盗んでおきながら、まだ盗み足りないのかね」

高上だった。物置の戸口を塞ぐように立っている。

「いえ、その……」

言い訳しようとしたが、言葉にならなかった。

「別にかまわんよ。あんたは活字を返しに来たんだから。礼にいいものを見せてやろう」

高上は私の前に立った。思わず身を縮める。しかし彼は私に何かするわけでなく、活字箱を摑むと活字棚に手を伸ばした。

流れるような仕種《しぐさ》だった。棚に詰め込まれた活字を次から次へと拾いだし箱に納めていく。

「何を、してるんですか」

「見てわからんか。活字を拾っておる。こうして原稿どおりに文字を並べていくんだ」

「原稿？　どこにそんなものが？」

私が尋ねると、高上は一瞬手を止め、こちらを向いた。笑っている。

「原稿は、あんただよ」

「え？」

「津久田舞々は東京都町田の生まれ。父親の名前は津久田拓三《たくみ》、母親の名前は旧姓塩崎八重《しおざきやえ》。舞々という名前は母親が付けたもので、そのせいで彼は子供の頃、母親のことがあまり好きではなかった」

朗読するように言いながら、高上は迷いのない手付きで活字を拾っていく。

「どうして……どうしてそんなことを……」

「だから、あんたという原稿を読んでおるのだよ。三歳のときに父親の仕事の都合で鳥取に引っ越し。以後高知、門司《もじ》、敦賀《つるが》、前橋と転々としていく。長い間同じ土地に住めなかった舞々は心の奥に深い孤独感を抱えることとなった。心を許せるのは本だけ。同級生と遊ぶよりはひとりで本を読んでいたい子供だった。それでも小学校三年のときには人並みに初恋をする。相手は同級生の佐藤裕子《さとうゆうこ》。しかし結局告白することもなくこの恋は転校によって終わる。以後、舞々が好きになった女の名前は君田聡美《きみださとみ》、相良由夏《さがらゆか》、最上美佐江《もがみみさえ》——」

「やめてくれ！」

私は叫んでいた。

「そんなことをして何になるんだ！　私の過去を暴き立ててどうするつもりなんだ？」

「本を作るんだよ」

高上は答えた。

「あんたを一冊の本にする。印刷して世界中に撒き散らすんだ。そうすれば津久田舞々というくだらない男の一生も、忘れられずに済むわけだ」

「やめろ！　そんな本、作るな！」

「何を今更嫌がっとるんだ。あんたはとっくに恥ずかしい本を世の中に出しておるだろうが」

「それとこれとは違う。自分のことなんか本にしてほしくない！　頼む、やめてくれ」

私は懇願した。しかし高上は鼻で笑うだけで、活字を拾う手を休めなかった。

どうする、力ずくでやめさせるか。しかしこんな年寄りに暴力を振るうわけにもいかない。

それよりも……。

私は手近にある活字を摑み取ると、高上が持つ活字箱に放り込んだ。

「こら、何をする!?　せっかく拾った活字が目茶苦茶になるぞ。そんなことをしたら……！」

「こんなもの、目茶苦茶になってしまえ！」

私は叫んだ。

「誰にも私の人生を読ませたりする化継ものか子帰！」

「やめんか！　これ以上余計なものをいれるとあんた自身が――」

「知ったことか等木右馬宇私は室目茴痛眼子蠡囘艸曾佝」

「ほら、あんたまでおかしくなるぞ」

「そん縺繧繝後ｷ繧な繝医諢丞峙励枚蟄励繝峨隱嫑こ薙蛴蜷医医逋遥と溘縺吶脚鮫詰禽坤忻壹

而删帑唔慮盂垢遠泄弫帑禰謂蕙兒叡豸欸孖冏鐫笑弩屡於冰旡婀哇巣弖臾昳陀劬匯是」

もう自分でも何を言っているのかわからない。言葉が活字の羅列となって体から溢れだしてくる。

「汜舮爬蛀た圃湃咤祉俐怒鉚唳找昇朶酥蚪禰娜蝸梦梓苡す篦於殴埜痲け珈坩庀彗弖堊扠弁兪碼弭旨圖狒嫣て綷忽」

声だけではない。体も意識も文字に分解され、意味不明の羅列と化していった。

「言わんこっちゃない」

高上が溜息をついた。

「活字を粗末に扱った罰だ」

「奩」

最後の一文字が飛び出すと、私は四散した。

4

無数の文字が集まったり広がったりする中を漂いながら、私は自分が何者かもわからずぼんやりとしていた。

あの文字のひとつひとつが自分なら、自分の中心は一体何なのだろう。いや、もしかしたら私に中心などというものはなく、ただぶちまけられた文字の集合体でしかなかったのかもしれない。だとしたら……。

──やれやれ、世話の焼ける奴だ。

その声は遠くから聞こえてきた。

──主税、掻き集めてやれ。

──面倒だけど、仕方ないね。

──それにしても、とっ散らかっておりますな。津久田様はいささか混乱された方かと。

──見てるだけで気持ち悪くなりますう。わたし、文字ってきらい。

声は次第にはっきりしてくる。同時に怒りも感じはじめていた。くそ、勝手なことを言いやがって。

おまえらなんか、おまえらなんか……。

「大嫌いだ！」

自分の言葉に驚いて眼を開けた。

「あ、起きた起きた」

起き上がると、周囲に伏女たちが立っていた。

「ここは……」

「お庭の薔薇園でございますよ、津久田様」

英丹が言うとおり、枯れた薔薇の枝が並んでいる。

「どうしてここに？」

「連れてきてやったのだ」

伏女が言った。

「こんな馬鹿、放っておけと言ったのだが、愁李や英丹が請《こ》うのでな」

「だってえ、あのままだと舞々さんかわいそうだしい」

「左様《さよう》。あのまま文字として漂わせておくわけにも行きませんでしたしね」

「私は……どうなったんだ？」

「深く考えないほうがいいよ。辛くなるから」

主税が言った。

「でも……」

「そんなことより、鍵を手に入れたようだな」

伏女の言葉で思い出した。

「そうだ、活字は……」

「おまえの手の中にある」

掌を開いてみた。そこには一本の鉛が握られていた。

「儚」という文字が裏返しに刻印されている。

「これが……鍵？」

「使ってみればわかる」

私の足許に本が投げ出された。片喰鐵山の日記帳だった。

震える手で本を拾い、金具の四角い穴に活字を差し込んだ。かちり、と音がしてベルトが外れた。

「さあ、読むがいい」

伏女が言った。

「おまえが知りたがっていたことが、書いてある」

私は震える指で日記帳の表紙をめくった。

津久田舞々は山に登る

※

薄暗い山の中を、ひとり歩いていた。

明け方なのか夕暮れ時なのか、わからない。空は仄《ほの》かな明るさに覆われている程度で、足許にまで光が届かなかった。木々の影は幽鬼《ゆうき》のごとく陰鬱《いんうつ》でおぞましく見える。その間の道とも言えない隙間を縫うように歩きつづけた。自分が山を上っているのか下っているのかも判然としない。ただ足を引きずるようにして前へと進んだ。

ひどく疲れている。いつから歩きはじめたのか思い出せないが、途方もなく長い時間こうしてひとり山の中にいることは確かだ。体の疲労はそれでもなんとか誤魔化《ごまか》せるが、凍えるような寂寥感《せきりようかん》は如何《いかん》ともしがたい。心が寒々と冷え、耐えがたくなってくる。自分はなぜこんなところを歩いているのか。なぜ周りに誰もいないのか。この先に何があるのか。訊いてみたいが答えてくれる相手もいない。苦しくて切なくて、気が遠くなりそうだった。

ついに足が止まる。東西南北もわからない藪《やぶ》の中で動きが取れなくなった。

見上げれば密生する木と木の間、相変わらず薄墨《うすずみ》のような空が見えるだけだ。苦しくて恐ろしくて、思わず声をあげる。

ぐおおおおぉぉぉぉ……

自分の声とは思えないほどの咆哮《ほうこう》だった。まるで獣のようだ。

ぐおおおおおおおおぉぉぉぉ……

声は虚《むな》しく空へと立ち上り、溶けていった。

……ぅぅぅん……

何かが聞こえた。

……ぅぅぅぅぅぅんんん……

木霊《こだま》かと思った。だが違う。自分とは別の声だ。まるでこちらの叫びに応ずるように、それは遠いところから聞こえてきた。

……んんんんんんん……

鳥の声がそれに混じった。けたたましく鳴きながら羽ばたく音がする。その声に追い立てられたかのようだった。

足下が揺れた。

地震かと思ったが、違った。もっと大まかな、うねるような揺れかただ。

何かが、地面の下で動いている。

思わず地面に這いつくばった。両手を押し当てると、そのうねりがより一層強く感じられた。

……ぅぅぅぅぅん……

揺れだけではない。この声も地の底から響いてくるのがわかった。

また大きく揺れる。まるで母親の胎内で胎児が動くように、それはこの山の中で身を揺すっている。目覚めようとしている。

いけない、と咄嗟《とっさ》に思った。あれを目覚めさせてはいけない。目覚めたら最後、きっと……。

言いしれない恐怖が背骨を貫く。同時に、今までになく強い揺れが襲う。

……ごおおおうぅぅぅぅんんんん……

一際大きな音声《おんじょう》。それは叫びに似ていた。

駄目だ。動くな。外に出るな。

声にならない声はしかし、大地の叫びに掻き消される。

そして、見た。叫びに呼応するように揺れる木々が、やがて根こそぎ倒れはじめる様を。

地の底に眠っていたものが、眼を覚ましたのだ。

もう立ち上がることもできない。嵐の中にいるように翻弄《ほんろう》され、転がらないでいるのが精一杯だった。

やめろ！　やめろやめろやめろおぉ！

近くの木の幹にしがみつき、声のかぎりに喚《わめ》く。

目の前で、地面が裂けた。亀裂《きれつ》は見る間に広がって、山を走っていく。まるで脱皮のときに古い皮が裂けるように。

裂け目から、白い瘴気《しょうき》が噴き出してくる。そしてついに、あれが現れた。

ああ、その姿といったら！

眼にした途端、おぞましさに脳髄のすべての細胞が恐怖に沸騰《ふっとう》し、狂気が理性を握り潰した。

鼓膜を腐敗させるような音声が空気を震わせ、臭気は肺を石へと変えた。

あれは、幾百もの視線をこちらへと向けた。そして幾千もの口を開き、幾万もの牙を鳴らした。

……くぇとぅざんん……

すでに尽き果てていた意識が、その声に呑み込まれた。

間違いない。あれは確かに私の名を呼んだのだ。

私の、名を……。

もがいた挙句《あげく》、やっと水面に顔を出すことができた。そんな気分だった。

眼を開くと、いつもの天蓋《てんがい》が見えた。私は戻ってきた、ようだ。

「どうだ、見えたか」

声がした。

「ああ、いやってぐらいにな」

私は体を起こした。まだ少し眩暈《めまい》を感じる。

「あれは、本当のことなのか」

「ああ、本当だ。奴はもうすぐ眼を覚ます」

「そうか」

私はゆっくりとベッドから起き上がった。

「で、どうすればいいんだ、伏女《ふしめ》」

「それは、おまえ次第だ」

伏女は言った。私の椅子に腰かけ、宙ぶらりんの足を揺らしている。

「奴が出てくると、厄介《やっかい》なことになるのは確かだ。今のうちに逃げ出すも良し。このまま奴に呑み込まれるのも良し」

「止める手立てはないのか」

「奴をか。それは難しいな」

「難しい、というのは無理ではないということだな。何をすればいい？」

「本気で奴を止める気か。そんな面倒なことをせずとも、さっさと逃げればよいではないか」

「そうはいかない。古賀音《こがね》はどうなる？　あんなものに蹂躙《じゅうりん》されるがままにしろというのか」

私が言うと、伏女は椅子から飛び下りた。

「そんなもの、どうでもよいではないか。この土地の者を助ける義理もあるまい」

「わかっている。だけどな、心のどこかに放っておけない気持ちがあるんだ。たぶん、私はここが好きなんだと思う」

「こんな寂《さび》れた僻地《へきち》がか。おまえもかなりの物好きだな」

「物好き……ああ、そうかもしれん。君たちと一緒に暮らすくらいだからな」

私はそう言って笑って見せた。伏女はつまらなそうに「ふん」と鼻を鳴らし、消えてしまった。

喉の渇きを感じたので、一階に降りた。コーヒーを入れて啜《すす》っていると、英丹《えいたん》が姿を現した。

「どうした祟《たた》り神、浮かない顔をしているが」

「いや、お恥ずかしい話なのですが」

英丹は恐縮したように、

「じつは私、現状にいささか疑問を感じておるのです。私は祟り神、人に災いをなすのが務め。なのに最近、誰も祟ってはおりません。これでは自分の存在意義を疑いたくなります」

「君は少々、真面目すぎるな」

私は残りのコーヒーを飲み干した。

「職務に忠実であろうとするのは結構だが、度が過ぎるのは考えものだぞ。君は確かに祟り神だが、いつも誰かを祟っていなければならないというものでもなかろう。そんなものは必要なときにすればいいことだ」

「そういうものでしょうか」

「そういうものだよ」

「……なるほど」

英丹は得心《とくしん》したように頷《うなず》く。

「仰《おっしゃ》る意味、わかるような気がしてまいりました。祟るべきときに祟ればよい、ということですな」

「そのとおりだ。誰かを祟ってやりたくなったら、そのときは頼むよ」

「承知いたしました。いや、あなた様にお仕えして正解でした。感謝いたします」

「礼には及ばない。ところで主税《ちから》と愁李《しゅうり》はどこだ？」

「田方山《たがたやま》に行ったようです」

「刑檀《けいだん》のところか」

「はい。彼らもあれのことは気にしているようで」

「そうか」

二杯目のコーヒーを飲もうとして、やめた。口の中が急に苦くなったからだ。あれのことを考えると、いつもそうなる。

「どうなさるおつもりですか」

英丹が訊いてきた。

「僭越《せんえつ》ながら申し上げますが、一刻も早くここを引き払うべきだと思います。あれが現れてからでは手遅れとなりましょう」

「わかっている。だが今は、なんとかできないかと策を探しているところなんだ」

「あなた様おひとりで、ですか。それは正直に申し上げて、無謀なことかと存じます」

「それもわかっている。私ひとりの力なんぞでどうにかできることではない。だが、何かできるはずだ。そう考えて文献を当たっているところだ」

自室に戻り、掻き集めた本の山を崩しながら、求めている知識を探した。すべてが異国の書で読みくだすのも一苦労だったが、それでも労力は惜しまなかった。時間がもう残り少ない。

それでも少しずつ知識は貯えられ、知見も増えた。それらは私の中でまとまり、ひとつの仮説を形作ろうとしていた。

それは、あまり好ましいものではなかった。どれほどの効果があるのか予測できなかったし、なにより彼らに犠牲を強《し》いなければならない。それを受け入れてくれるかどうか。

いささか重い気分で本を閉じる。

「悩んでるみたいだね」

声をかけられた。

「そう見えるかな」

言いながら顔を上げる。部屋の片隅に主税が立っていた。

「見える見える。この世の終わりを間近にしているみたいな顔だ」

「そうかもしれないな。この世の終わりは近いのかも。主税、君はあれをどう思う？」

「嫌いだね」

主税は言い切る。

「僕は受け入れられない。なんかね、変な臭いがするんだ」

「わたしもあれ、好きじゃないですう」

いささか素《す》っ頓狂《とんきょう》な声が聞こえた。

「愁李も戻ってきたのか」

「はい、帰ってきましたあ」

愁李が姿を現した。

「刑檀様から伝言がありますう。山まで来てくださいってえ」

「わかった。すぐ行く」

私は立ち上がった。

「それで、山の様子はどうだ？」

「切羽《せっぱつ》詰まってるって感じだね」

主税が言う。

「もうすぐって感じですかねえ」

愁李も言った。

「そうか。いよいよだな」

私は言った。

「刑檀でも抑えきれないか。決断しなければならないようだ」

「逃げる？」

主税の問いに、私は首を振る。

「そのつもりはない。なんとかしたいと思ってる」

「さすがだね」

主税は微笑《ほほえ》んだ。

「さすがは片喰鐵山《かたばみてつざん》だよ。さ、早く行って。刑檀が待ってる」

1

ひとりで山道を歩いていた。

見慣れた道のようでもあり、初めて足を踏み入れた道のようでもある。傾斜はきつく、私はすでに息を切らしていた。だが急がなければならない。急がなければ、追いつかれる。

はっ、とした。そうだ、私は追われているのだ。

足を速めた、つもりだった。なのに一向に前には進まない。空気が重い水のようにまとわりつき、私の歩みを止めようとする。

急がなければ。気持ちだけが急《せ》いて、体は言うことを聞かない。まるで強い向かい風を受けているようだ。息が切れ、喉が干上がる。

……ぅぅぅぅぅぅんん……

背後から、何か聞こえた。

……ごおおおうぅぅぅぅんんんん……

全身の毛が逆立《さかだ》つような感覚。間違いない。私を追っているものがいる。

前方に手を伸ばし、空気を掴むようにして走り出す。それでも進み具合は、もどかしいほどに鈍《のろ》かった。

みし、と音がする。思わず振り返った。木々が大きく揺れ、そのうち数本が薙《な》ぎ倒されていくのが見えた。

私は声にならない悲鳴をあげた。追ってくるものの強大さに背筋が冷たくなる。

助けてくれ。助けて。

泣き喚きながら、逃げる。それが間近に迫っていることを、肌に触れる冷たい気配が伝えてきた。足を上げることはできるのに、前には進まない。身悶《みもだ》えることはできるのに、体は動かない。焦りがじりじりと心を焼き、全身が燻《くすぶ》る。

もう、駄目だ。

そう思った瞬間、体から力が失せた。一歩も進めなくなり、その場に立ち尽くす。

いいんだ。もう、どうなってもいい。

……ぐあああおおおおんんんんん……

その声は、すぐ後ろに迫っている。だがもう、私は動けなかった。振り返ることもしなくなった。好きにしろ。私を食いたいのなら、さっさと食え。

私の心の声を聞き取ったかのように、それは顎《あご》を大きく広げ、私を呑み込んだ。

暗黒が私を包み込み、どこまでも落ちていく。どこまでも……。

眼を開いたとき、見えたのは幾本もの枯枝だった。細い枝の表面に、無数の棘《とげ》が並んでいる。ああ、薔薇《ばら》だな、と思う。触ったら痛そうだ。そう思ったのに手を伸ばす。指先に鋭い痛みが走った。それで意識がはっきりとする。

体を起こすと、たちまち蟬の声が包み込んだ。全身にびっしょりと汗をかいている。あたりを見回すと、朽《く》ちた薔薇の木が広がっているのが見えた。ここはあの薔薇園か。私は自分のいる場所をやっと把握した。

それにしても厭《いや》な夢だった。いや、私が見る夢はたいてい悪夢なのだが、今回のはとびきりおぞましかった。私は自分を追いかけている存在の声を聞き、息吹《いぶき》を感じたのだ。何もかも、言葉にできないくらい邪悪なものだった。

立ち上がると、眩暈がした。それにしても自分はなぜ、ここにいるのか。思い出そうとして首を振る。たしか、誰かに何かを尋ねようとしていたはずだった。

「……ああ、そうだ。伏女だ」

祠《ほこら》に行って伏女に会おうとしたのだ。しかしあそこにはいなかった。それで他を探そうとしてここに来て、そして……。

とにかく戻ろう。私はふらつく体を引きずるようにして片喰邸に入った。汗まみれの体が気持ち悪かったので、浴室で水浴びをして服を着替えた。

自分が使っている部屋に戻った。机の上に一冊の本が置いてある。あんな恐ろしい夢を見たのも、この本を読んだからだ。そう考えると、手に触れるのも怖くなる。

それでも私は本を手に取り、冒頭のページを開いた。


これは私、片喰鐵山の日記だ。ただし通常のもののように日付を記したり、その日に起きたことを羅列《られつ》するつもりはない。思いつくまま、書き留めておくべきことを書いておく。手記と言ったほうがいいのかもしれない。

ここに記されたことの真偽を問う必要はない。私は事実をありのままに書く。すべて、本当に起こったことだ。


手書きの文字はあまり上手とは言えないが、読むのに苦労するレベルでもなかった。ただ内容は別だ。鐵山自身はこれを日記ではなく手記と呼ぶべきだと書いているが、私の印象では手記どころか小説の一部にしか思えない。それも極めて荒唐無稽《こうとうむけい》な空想小説だ。普通なら到底ここに書かれていることを事実だと信じることはできない。

しかし私はこの古賀音にやってきて以来、信じることのできない出来事ばかりに遭遇してきた。私が書く小説のように馬鹿馬鹿しく無茶苦茶な体験をした。だから、ここに書かれていることを作り話と一蹴することもできなかった。

だから伏女に確認したかったのだ。

「伏女、どこにいる？」

天井に向かって呼びかけてみた。しかし返事はない。伏女だけでなく英丹も主税も愁李も呼んでみたが、応えはなかった。

「奴ら、どこに行ったんだ……？」

もう一度、外を探してみよう。そう決めて部屋を出ると、玄関に向かった。

と、私がドアに手を掛ける前に、ドアが開いた。

「おお、津久田《つくだ》先生、ちょうどいいところにいらっしゃいました」

ぬう、と恰幅《かっぷく》のいい姿を現したのは、毛見《けみ》町長だった。

「書いていただいた原稿、読みましたよ。いやあ、素晴らしかったです」

「あ、はあ」

言われて思い出した。何もしないままでいるのは心苦しかったので、とりあえず思いついたホラー小説を書いて渡したのだった。

「心を病《や》んで僻地の町に隠遁《いんとん》した詩人が出会う怪奇。なかなか魅力的なお話でしたよ。僻地の町というのが古賀音ですな？」

「まあ、あ、でも僻地ってわけじゃ……」

「気を遣わずとも結構です。舞台はまさにこの古賀音。我が町が虚構の世界に描かれたことはこの上なく喜ばしいことです。たとえそれがどんな駄作であろうと、書き記されたものは永遠の命を得るのですから」

どんな駄作であろうと、という一言が気になるが、たぶん貶《けな》しているのではない、と自分に言い聞かせる。

「この調子でどんどん書いてください。そして古賀音の町に貢献してください。頼みますよ」

「あ、はい」

「もちろん、あなたのその他の活躍にも期待しております」

「その他の？」

「気になさらずとも、あなたは充分に我々の期待に応えてくださっています。あとひとり、あとひとりです」

「あの、何のことだかよくわからないのですが」

「大丈夫です。大丈夫」

そう言うと毛見は来たときと同じように、さっさと帰っていった。その後ろ姿を見送って、私は安堵《あんど》の息をつく。どうも私は、あの町長が苦手らしい。

はて、自分は何をするつもりだったんだっけ？

思い出した。伏女たちを探すのだった。みんなどこに行っているのだろうか。

そういえば彼ら、よく山に行っていたな。

山——田方山と呼ばれている。まだ足を踏み入れたことはない。捜しに行ってみるか。

私は片喰邸を出た。

2

以前に車から見たときは、それほど高い山とは思わなかった。事実こうして歩いてみても、断崖絶壁《だんがいぜっぺき》があるわけでもなく、斜面は比較的なだらかだ。

しかし普段座り仕事ばかりしている人間には、この程度の傾斜であっても体に堪える。十分ほど登っていくともう息が切れてきた。

山頂へと向かう道は一本だけ、獣道と言ったほうがいいような頼りなく細い道だ。周囲は雑多な木が繁茂《はんも》している。植林された山ではないようだった。

ふと気付くと、道の脇に歪《いびつ》な陥没がいくつかあるのが眼についた。まるで何かを掘り返した痕《あと》のようだ。

思い出した。田方山は昔、金が出るというので一攫千金《いっかくせんきん》を夢見る者たちが群がったのだ。山の形が変わるほど掘り返されたと毛見が言っていたが、あれがその名残《なごり》なのだろう。その頃の熱狂ぶりが窺える。

しかしそんな周囲の情景に関心が持てるのも、しばらくの間だけだった。道はさらに細くなり、傾斜も険《けわ》しくなってくる。登っていくだけで精一杯になってきた。

そもそも本当に彼らがいるのかどうかもわからない。私は無駄な努力をしているのかもしれない。そんな気がしてくる。

「おおい、伏女！」

叫んでみた。

「英丹！　主税！　愁李！　いるなら答えてくれ！」

かすかに木霊めいたものが聞こえたが、返事はない。

「いないのかあ？　いないなら帰るぞ！」

「いますよお」

すぐ後ろから声がした。

「わっ!?」

思わず飛び上がる。

「なに驚いてるんですかあ？」

「いきなり出てくるからだ。脅《おど》かすな愁李」

私が抗議すると、セーラー服姿の愁李はぺろりと舌を見せた。

「だってえ、呼ばれたから出てきたんじゃないですかあ。何か用ですかあ？」

「ああ、伏女たちは？」

「みんな三の洞《ほら》にいますよお」

「さんのほら？」

「一の洞があって二の洞があって、三の洞。田方山には洞穴が三つあるんですう」

「そうか。とにかく、そこに案内してくれ。みんなに訊きたいことがある」

「わかりましたあ。ついてきてくださあい」

そう言うと、愁李の姿は搔き消すように見えなくなった。

「おい、どこにいる？」

「あ、やっぱり見えないと駄目ですかあ？」

「当たり前だ。歩いてついていけるように案内してくれ」

「はあい」

愁李の姿が再び現れる。

「じゃあ、こっちです」

彼女の先導で歩きだす。しばらく獣道に沿っていたが、やがて脇道――というか、木々の隙間のような空間――へと逸《そ》れた。

「本当にこっちなのか」

「そうですよお。ついてこられますう？」

「なんとかな。もう少し楽な道はないのか」

「昔はあったんですけど、人が通わなくなって塞がっちゃったみたいです。この先にもう少し広いところがありますから、我慢してくださあい」

愁李の言うとおり、しばらく苦労しながら進んでいくと、多少は歩きやすい空間に出た。それでも前の獣道より細い。

前を歩いていた愁李は、ときおり後ろに下がったり横についたり、妙にはしゃいでいる。

「こうして一緒に歩いてると、なんだかデエトしてるみたいですねえ。舞々《まいまい》さん、デエトってしたことありますう？」

「デートなら、まあ、一応は」

「いいなあ。わたしなんて一度もないんですよお。どんなですかあ？　やっぱり楽しい？」

「まあ、ね」

ふと、ここに来る前に破綻《はたん》した暮らしのことを思い出した。三年間、私はひとりの女性と一緒に生活していた。彼女と出会った頃、何度かデートもした。たしかに楽しかった。だから一緒に暮らすことにしたのだ。なのに……。

「舞々さん、なんだか寂しそうですねえ」

「いや、そんなことはない」

「わたしとデエトするのって、つまらないですかあ？」

「そういうことじゃないってば」

「じゃあ楽しいんですねえ。嬉しい」

愁李はひとりではしゃいでいる。私はもう、何も言う気になれなかった。

蔦《つた》が絡んで進みにくかったり傾斜が急になって歩きにくかったりと、道はいささか困難だった。それでも十五分ほど進むと、やがて三メートルほどの高さの崖に行き当たった。

「この先、進めないじゃないか」

「だからあ、この崖に沿って歩くんですう」

言われるまま、崖を右に見ながら歩いた。すると間もなく、崖面にぽっかりと穴の開いている場所があった。

「これが三の洞か。伏女たちは中にいるのか」

「そうですう。入ってみますかあ？」

洞穴の中を覗き込んでみた。暗くてよくわからないが、意外に深そうだ。

「……入るしかないようだな」

携帯電話を取り出しライトを点けると、中に踏み込んだ。

穴は高さも幅も二メートルほどで、腰を屈めなくても進むことができるほどだった。壁面を照らしてみると、思ったより滑らかで、さらに近付いてみると鏨《たがね》の痕らしきものを見ることができた。

「これは人工の洞穴か」

私が独り言を口にすると、

「金を探すために人間どもが掘った穴だ」

愁李の声ではなかった。

「伏女か。どこにいる?」

「奥まで来い」

言われるまま、奥へと進んだ。洞穴は想像以上に続いている。十メートルも進んだところで壁に突き当たった。誰もいない。

「おい、どこにいるんだ?」

「足下を見てみろ」

携帯電話のライトで照らしてみる。大きな石が転がっているだけだ。いや、ただの石ではない。何か彫り込んである。私は顔を近付けてみた。高さ五十センチほど、ふたつに割ったピーナッツの片割れのような形をしている。その平らな面に人の姿が彫られていた。両手を合わせて祈っているような姿だ。

「これは、道祖神《どうそじん》ってやつか。これがどうした?」

「それが刑檀だ」

声は背後で聞こえた。振り返ると伏女が立っている。

「刑檀……鐵山の手記に書いてあった。これもおまえたちの仲間なのか」

「そうだ。刑檀はずっとここで踏《ふ》ん張《ば》っていた。あれを外に出さないためにな」

「あれというのも、手記に書いてあったな。そのことを訊きたくてここまで来たんだ。あれとは何なんだ？　おまえたちは何をしていたんだ？　鐵山とおまえたちは、どういう関係なんだ？」

「一度にあれこれ訊くな。答えるのが面倒だ」

伏女は小さな体を精一杯大きく見せようと、踏《ふ》ん反《ぞ》り返《かえ》る。

「何度も言うが、妾《わらわ》は神だ。神に問うときには、それなりのやりかたというものがあるだろうが」

「また供え物か。そんなもの、戻ったらいくらでもしてやる。だから教えてくれ」

「実《じつ》のない物言いよのお。こんな輩《やから》に話してやる気にはなれん」

「まあまあ伏女殿、ここはお怒りをお鎮めください」

英丹の声がする。

「津久田様もこの件に関しては深く関わっていらっしゃいます。そろそろお話しして差し上げてもよろしいのではないでしょうか」

「だがな英丹、こやつの口振りがいちいち気に障るのだ。なんというか、神に対する礼節を知らん」

「それは彼が今の世の人間だからだよ」

　今度は主税の声だ。

「こっちに戻ってからいろいろ見聞したところでは、今の世の人間たちは僕らに対してあまり敬意を払ってないみたいだね。神社や寺に参っても、心は篭《こ》もってない。僕たちに現世利益《げんぜりやく》ばかり要求する。それでいて自分たちが一番偉いと思ってる。なんだっけ、そう、パワースポットとか言って神聖な場所で大はしゃぎする」

「あ、パワアスポット知ってますう。恋が叶《かな》うんですよねえ」

「水神《すいじん》である君がそういう軽薄なことを言っていいのかねえ」

「だってえ、そういうのって女の子、やっぱり憧れますよお」

　いつの間にか英丹と主税と愁李の姿も伏女と共にあった。

「好き勝手に御利益とやらを作り上げて金儲けの道具にしているだけじゃないか。今の世の連中ときたら、度《ど》し難《がた》いよ」

「しかしそれは、何も今の世に限ったことではないのではありませんかな」

　英丹が言った。

「人間は昔から得手《えて》勝手《かって》だったではありませんか。その証拠が我々でしょう。もしも鐵山様に助けてもらわなかったら――」

「とにかくだ。こんな益体《やくたい》もない人間どものために、妾はもう手間をかける気にはなれん」

伏女が英丹の言葉を遮《さえぎ》った。

「舞々、おまえには多少の縁があるゆえ、助言してやる。今すぐここを出ろ」

「この洞穴からか」

「いや、古賀音からだ。逃げろ」

「どうして？　一体何が――」

私が言いかけたときだった。

……ぅぅぅぅぅぅんん……

不気味な音が洞穴を震わせた。

「今のは何だ？」

「あれだ」

伏女が言った。

「あれが動いている」

「あれって何だ？」

私が尋ねると、

「おまえ、鐵山の日記を読んだのではないのか」

「まだ全部は読んでない。鐵山が変な夢を見て、おまえたちと話していたあたりまでだ」

「なんだ、それではまだ何も知らないも同然ではないか。呆れたな」

「その前におまえたちと鐵山がどういう関係なのか訊きたくて、ここに来たんだ」

伏女や英丹は顔を見合わせる。主税と愁李もだ。

「伏女殿、話して差し上げてはいかがですか」

英丹の言葉に、伏女は不承不承《ふしようぶしよう》といった表情で、

「……わかった。話してやる」

その場に正座した。

「妾たちは、捨て神だ」

「すてがみ？」

「人間によって捨てられた神、ということだ。妾も英丹も主税も愁李も刑檀も、もともとはこの国の各地で祀《まつ》られていた神だ」

「昔は僕、結構敬《うやま》われていたんだよ」

主税が言った。

「村人が毎日お参りしてさ、供え物をくれてさ、お祭りもあった」

「わたしも大切にしてもらってましたあ。田圃《たんぼ》や畑に水が絶えないようにしてくださいって、毎年お願いされてましたよお」

愁李も言葉を添える。

「私の場合は、いささか敬われかたが違いましたがね」

と、英丹。

「なにせ祟り神なので。人々は私に祟られないようにと畏《おそ》れ敬ってくれました」

「妾も同じじゃ。かつては村人みんなが妾を祀っておった。あれは、良い時代じゃったな」

伏女は昔を懐かしむように言った。

「……だが、時の移り変わりと共に人間の心も変わる。代を経るにつれ、奴らは妾への信仰を失っていきおった。そしていつしか、完全に忘れられた」

「私の場合、廃村になって人間がいなくなりましてね」

英丹は溜息をつく。

「祟りたくとも、祟る相手もいなくなりました」

「僕は社《やしろ》が嵐で壊れてさ。でも村に建て直す財力がなくてそれっきり。いつの間にか忘れられちゃった」

主税は苦笑する。

「わたしはあ、わたしの手に余る旱魃《かんばつ》が三年くらい続いてえ、この水神役に立たないんじゃね？　って言われて捨てられましたあ」

愁李はあっけらかんと言った。

「刑檀が祀られていた村も廃《すた》れたはずだ。そんなこんなで妾たちは、人間から捨てられ忘れられたのだ」

伏女は素っ気ない口調で、

「口惜《くや》しいが、妾たちのような神は人間の信仰が失せると存在も失せる。みんなそれぞれの地で朽ち果てておったのだ」

「それを助けてくださったのが、鐵山様です」

英丹が言った。

「鐵山様は旅の途中で我々の存在を感知されては、拾い上げてくださったのです。鐵山様には、そういう力がありました」

「鐵山さんがいなかったら、僕たちは完全に忘れられて消え失せてた。それは間違いないね」

「そのとおりですう。鐵山さんのおかげですう」

「鐵山は妾たちをこの古賀音に引き連れてきた。新たな居場所を探すためにな。廃れる村があれば、新たに作られる町もある。人間が住む場所があれば、妾たちの居場所もできる。そう言っておった」

「わたし、大きな都会に住みたかったですう」

「僕はのんびりした田舎がよかったな」

「私は祟らせてくれるひとがいるなら、どこでも」

「ともあれ、妾たちは鐵山に誘われるまま、ここに辿り着いたわけだ」

「だけど、あんたたちは変なところにいたよな。伏女は祠の中、英丹は壺の中、主税は扉の向こう、愁李は奇妙な汽車。なぜなんだ？」

私が訊くと、伏女たちは一瞬沈黙する。

「……それは」

……ぅぅぅぅぅぅぅんんん……

また洞穴が震えた。

「あれのせいだ」

伏女が吐き捨てるように言った。

「あれがすべてを狂わせた」

「だから、あれって何なんだ？」

私は重ねて訊いた。

「さっきから思わせぶりにあれあれって言うけど、何のことだか説明してくれよ」

「本当に知りたいのか」

伏女が逆に訊いてきた。

「ああ、知りたい」

「じゃあ教えてやる。まずはその明かりを消せ」

携帯電話のライトのことらしい。私は言われたとおり、消灯した。あたりは真っ暗になる。

「足下の刑檀に触れろ」

伏女の声がした。

「あの道祖神のことか」

おずおずと手を伸ばす。指先が固い石に触れた。

ずん、と鈍い衝撃を覚えた。背骨に響くようなショックを受ける。思わず手を引っ込めた。

「おい伏女、今のは何だ？」

問いかけたが、返事はない。

「伏女！　なんとか言え！」

応えはなかった。そのかわり、自分の手も見えなかった暗闇の中に小さな、しかし強い光が灯った。誘うように輝いている。

無意識に、その光に向けて歩きだした。

近付くにつれ、光は大きくなる。やがてそれは光の輪となり、私はそこを潜《くぐ》り抜けた。

気が付くと、外に出ていた。周囲は一面、膝ほどもある草に覆われている。先程入った三の洞のあるところとは違う場所のようだ。

「おおい、伏女！　英丹！」

呼びかけてみたが、何の反応もない。彼らはどこに行ったのか。

ふらふらと草原を歩きはじめた。足に草がまとわりついて歩きにくい。無理に進むと千切れた草の匂いが広がった。息が詰まるほど濃厚な匂いだ。頭がくらくらする。

どこまでも続く草原を当てもなく歩く。どれくらい進んだだろうか。ふと前方に白いものがあった。近付いてみるとそれは丸いテーブルだった。椅子も二脚ある。なんとなく、それに座ってみた。

ひゅるるる、と風が音を立てた。

「今日は、よく鳴きますねえ」

不意の声に驚く。見ると向かい側の椅子に、いつの間にか人が腰かけている。

「ご存知ですか。風がなぜ鳴くか」

金色に輝くレインコートを着た男だった。東洋人のようだがフードを被っていても彫りの深い顔立ちはわかる。

「あなたは、誰ですか」

思わず訊ねる。と、男は怪訝《けげん》な表情で、

「質問したのは、私が先ですが」

「あ……失礼しました。えっと、何を訊かれたんでしたっけ？」

「風がなぜ鳴くか、です。ご存知ですか」

「いえ、わかりません」

私が正直に答えると、男はティーカップを手に取って、

「ではお教えいたしましょう。あなたもお茶でも飲んで、ゆっくりしてください」

見ると、テーブルにもうひとつティーカップが置かれ、紅茶らしきものが湯気《ゆげ》を立てていた。

「さ、飲んで」

言われるまま、啜《すす》ってみる。次の瞬間、口の中の液体を吐き出した。

「な……何ですか、これは」

「お口に合いませんか。それは残念」

男は優雅に液体を啜り、話しはじめた。

「……この風は、太古から吹いているのですよ。遙か昔、ここに人が住むより昔、いや、人というものが存在するより昔から時を超えて吹きつけてくるのです。風は過去からの便りです。風が鳴くのは、伝えたいことがあるからです」

「伝えたい、こと？」

「もうすぐ、あの御方《おかた》が姿をお見せになる。その準備をせよ、とね」

「あの御方というのは？」

「偉大な存在です。この世界に新たな混沌《こんとん》と秩序をもたらすため、帰っていらっしゃいます」

「意味がよく、わからないんですが」

「でしょうな。あなたがたはこの世界を好き勝手に扱うことに慣れてきた。だから自分の自由にならないもの、それに反するものを理解できない。でも、そんな時代も終わりです。あの御方がすべてを終わらせます」

「だから、あの御方というのは何者なんですか。説明してくだ——」

言いかけたとき、足下が揺れた。

……ぅぅぅぅぅぅんんん……

まただ。またあの音だ。

「これは一体、何なんだ？」

「あの御方の胎動です」

「胎動？　赤ん坊なんですか」

「この世に再び生まれ出ようとしているのですよ。さあ、あなたもご覧なさい。約束の場所、約束の時、今ここが、それです」

彼の言葉に呼応するように、地面がまた揺れる。

……ぐうぅぅぅぅぅんんんん……

危険を感じた。ここにいてはいけない。私は席を立った。

「まだお茶の時間は終わっていませんよ」

「いや、失礼します」

その場から立ち去ろうとした。しかし、男はいつの間にか私の前に立ちはだかる。

「逃げても無駄です。もう遅い」

男の顔が変わりはじめた。次第に生気を失い、色が褪《あ》せ、萎《しお》れていく。

「世かいはすべてあのおかたのものになああああある」

そこに立っているのは、人間ではなかった。へのへのもへじで描かれた白い顔。

「案山子《かかし》……」

古賀音の町中に立っていた、あの案山子だった。その証拠に、金色のレインコートの胸元には「ようこそ黄金《おうごん》の国古賀音へ」と書かれている。

思わず後退《あとずさ》った。足がテーブルに当たる。よろけそうになって、振り返った。

そして、見た。

草原の向こう、小高い山のように盛り上がっているものが、揺れている。

それを眼にした瞬間、私の中に言いようのない嫌悪感が湧き上がってきた。あれを見てはいけない。あれに近付いてはいけない。本能がそう警告している。なのに私の眼はそれに釘付けになり、私の足はそちらに向いて歩きだしていた。

近付くにつれ、それがただの山でないことがわかってくる。私の理性は紙屑《かみくず》のように燃え尽き、恐怖が全神経を痺《しび》れさせた。それでも、眼は離せなかった。

表面を覆っているのは草ではなく縄のようなものの集合体で、その先端には血走った眼のようなものが付いていた。時折その縄と縄の間にいくつもの亀裂が生まれて、ぽっかりと穴が開く。

……ぐおおおおおおおおおぉぉぉぉ……

洞穴を風が抜けるように、その穴から咆哮が漏れてくる。

駄目だ。近付いてはいけない。逃げろ！

自分の体に命令する。なのに体は言うことを聞かない。ますます近付いていく。

縄の先の無数の眼が、一斉にこちらを向いた。私を、見つけたのだ。

たくさんの穴が開く、中には黄色い牙がびっしりと生えていて、それががちがちと音を立てた。

……んぁい……んぁい……

震えるような音が鼓膜を打った。心臓を手摑みされたような痛みが走る。

……んまぁいまぁい……

不意に理解した。その何だかわからない存在が、私の名を呼んでいると。

……まぁいまぁい……

自分の名前の音がこれほどおぞましいものとは知らなかった。そう思わないではいられない。呼びかけに応じてはいけない。応えてしまったらきっと……。

私は生き残っている精神力のすべてを費やして、自分の歩みを引き留めた。足の動きを制し、前のめりに草の中へと倒れ込む。

草の匂いが、少しだけ自分の意識を取り戻させた。ゆっくりと顔を上げる。化物の姿が、消えていた。

私は慌てて体を起こす。山のように大きな存在が、搔き消すようにいなくなっていた。

「どういう、ことだ……？」

立ち上がり、あたりを見回す。やはり、どこにもいない。

逃れられたのか。それとも……見逃してくれたのか。

ともあれ、危機は去った。私は安堵の息をつき、出てきた洞穴を探す。思ったより近くに、それはあった。

とにかく戻ろう。洞穴に足を踏み入れようとした。そのとき、足が竦《すく》んだ。違う。この穴は、出てきた洞穴ではない。

と、私が罠を見破ったと気付いたのか、穴は突然その形を変えはじめた。壁面に無数の牙が生え、醜《みにく》く蠢《うごめ》きはじめたのだ。

……まあいまあい……

穴の奥から声が聞こえた。私はそこから逃げ出した。

草が足に絡んで転びそうになる。その草の間から、大木ほどの太さがある蔓《つる》のようなものがぬるぬると伸び上がり、たちまち私の背丈を超えた。その先には巨大な血走った眼。私を見下ろしている。

次から次へと伸び上がる眼に射すくめられながら、私は懸命に走る。

「逃げても無駄ですよ」

案山子が嗤《わら》った。

「この御方の前では、すべての希望が崩れ去ります。抗《あらが》うことをやめて、何もかも委ねるのです。あなたには永遠の平安が約束されます。さあ、おいでなさい」

「いやだ……いやだぁ！」

私は叫んだ。

「こんな奴の言いなりになんか、なりたく……ない！」

案山子の誘いを振り切るように両手を振り回し、思いきり走る。

その足下が、唐突に消えた。

ぽっかりと、穴が開いたのだ。

私は落下した。無数の牙が待ち構える穴の奥へと。

悲鳴は、出せなかった。無言のまま、私は呑み込まれた。

3

途方もなく長い間、私は落下し続けた。

落ちていく感覚だけが全身を支配する。自分がどこに行くのかもわからない。眼を閉じたまま、落ちていく。

脳裏《のうり》には、いくつもの情景が浮かんでは消えていく。子供の頃に遊んだ公園、中学校の机、プールに反射する陽差し、薔薇の花に翅《はね》を休める蝶、男の顔、女の顔、舌を伸ばした犬の顔。どれも記憶の隅にある、いつか見たものばかりだった。

そうか、私は死ぬんだ。死ぬ前に自分の人生をひととおり思い返すというのは、本当のことだったんだな。

先程までの恐怖は、跡形もなく消えていた。とても平穏な気分だ。このまま死んでいくのなら、死はそれほど悪いことでもないな、と思った。

それにしても、どこまで落ちていくのだろう。この先に果てはあるのか。地面のようなものがあるのだとしたら、自分の体はそれに激突して水風船のように潰れてしまうだろう。それが最終的な死というものなのだとしたら、あまり気持ちのいいものではない。それでも私は穏やかな気持ちのままだった。

――ほんとに、それでいいの？

誰かの声がした。

――あなたっていつも、流されて生きてるよね。そういうのって、寂しくない？

女の声。どこかで聞いたことのある……。

――わたしがあなたを嫌いになったと思ってる？　違うわよ。あなたがあなたを嫌いになったの。そんなあなたを見てるのが、辛《つら》いのよ。

ああ、彼女だ。三年間一緒に暮らした彼女。これも生前の記憶というやつか。私は幻影の彼女に向かって言った。

すまなかった。できることなら、君を幸せにしたかった。

そう詫《わ》びた瞬間、鈍い水音と共に全身が液体の中に飛び込んだ。

深く沈み込み、落ちていく。

最終地は水の中か。意外に楽だったな。

そう思ったのも束の間、全身が細かな泡に包まれていくのを感じた。同時に自分の体が端から少しずつ崩れていく。

水ではない。これは多分……消化液だ。

指が消え、足が消え、下半身が消えていく。急速に私は消化されていった。

これ、が、死……。

意識の最後のひとかけらが崩れるとき、私は私のことを少しだけ哀れに思った。


――いつまでそうしているつもりだ。そろそろ眼を覚ませ。


声が聞こえた。

言われるまま、眼を開けた。

空が見えた。

「……ここは？」

「田方山だ。起きろ」

体を起こす。周囲を見回すと、壁面に開いた穴が視界に入ってきた。三の洞の前だった。

「何があったんだ」

「おまえが見たいと言ったものを見せたんだ」

伏女だった。英丹も主税も愁李もいる。

「とくと見たな、あれを」

「ああ……見た。鐵山の手記に書いてあった化物だった。あれは一体、何なんだ？」

私の問いに、伏女は言った。

「妾にもわからん。あれは妾たちが生じるよりも昔から存在するものらしいからな」

「昔から？」

「ああ、だから鐵山はあれをこう呼んでおった」

伏女は忌《い》ま忌《い》ましいものを言葉にするような表情で、言った。

「旧《ふる》き神、と」

津久田舞々は舞台に上がる

※

「旧《ふる》き神、というのがどんなものなのか、正直よくわからない。ただいろいろな文献を調べてみたところ、世界のあちこちにいるらしいことはわかった。もちろん、この国にもだ」

私は言った。

「そいつらはかつて、この星を支配していた。だが何らかの理由で力を失い、地の底や深海に封印されてしまったらしい。ただ力を失ったとはいえ、強大な神としての威力を完全に失ったわけではない。機会があれば地上に戻り、再び権勢を取り戻そうと狙っているんだ」

「あれも神なのか。妾《わらわ》たちと同じような」

伏女《ふしめ》の問いかけに、私は少し考えてから答えた。

「似て非なるもの、というべきかもしれないな。君たちは人間によって生じた神々だ。人間が生きていく中で体験せざるを得ない、自然の脅威や生老病死の苦しみや他者との軋轢《あつれき》といった問題に向き合うため、いや、向き合わないようにするため、君たちのような存在が求められた。君たちを崇《あが》め敬《うやま》うことで自分ではどうすることもできない理不尽な現実と折り合いを付けようとしたんだ」

「まず人間ありきで私たちが存在することになったと、そういうことでしょうか」

英丹《えいたん》の言葉に、私は頷く。

「そういうことだ。だから崇める人間がいなくなることで君たちの存在も薄れていた」

「僕たちは人間の創造物ってわけ？　そういうの、なんかいやだな」

主税《ちから》が不満そうに言った。

「人間のほうが僕たちの主人みたいじゃん」

「そうではない。君たちは神だ。人智を超えた存在だ。人間は君たちに敬意を抱いている。都合よく利用しようという欲心もあるがね。ともあれ、君たちは人間と密接に繋《つな》がった神であることに間違いはない。しかし旧き神は別だ。彼らは人間が生まれる前から存在している。それゆえ本来は人間との接点はない」

「人間がいてもいなくても関係ないってことですかあ？」

愁李《しゅうり》が訊いた。

「そういうことだな。もしかしたら人間とは違う何か別のものとの関わりの中で生じたのかもしれない。彼らの力が失われたのは、その別のものたちがいなくなってしまったから、と考えられなくもない」

「そいつがまた外に出てこようとしているわけだ。あまり楽しげなことにはならないようだな」

伏女の言葉に私は同意する。

「人間にも、そして君たちにとっても喜ばしいことではない。なんとしてでも旧き神の復活は阻止したい」

「手立てはあるのか」

「ひとつだけ、ある。どれだけ有効かはわからないが、他に方法はない。だが、そのためには君たちの協力が必要だ」

「僕たちの？　何をするの？」

主税の無邪気な問いに、私は答えた。

「楔《くさび》になってほしいんだ。旧き神を封じ込めるための楔に」

1

相変わらずですね、と明神《みょうじん》が言った。

うん、津久田《つくだ》さんの書くものは、いつもこんな感じですよ。陰鬱《いんうつ》で支離滅裂でひねくれているわりに、妙に律儀だ。

私は彼の話を聞きながら、周囲を見回した。いつも打ち合わせに使っている喫茶店ではないようだ。テーブルはもっと大きいし、コーヒーの香りも煙草《たばこ》の煙もない。そのかわり、いくつもの書架が並んでいて、何かがその間を行き来している気配がする。

なるほど、ここは図書館か。

通い慣れている現代的な建物とは違うようだ。もっと古めかしくて、天井が高い。書架も木製で、手が届かない高さまで本が詰め込まれている。天井にはフレスコ画らしいものが描かれているが、遠すぎてどんな絵なのかわからない。

私はふらふらと立ち上がり、書架に近付いた。並んでいるのは革装の重々しげな本ばかりだ。背表紙に書かれている文字は見たことのないもので、当然ながら読むことができない。

その中の一冊を手に取った。開いてみるとやはり読めない文字がびっしりと並んでいる。挿絵などもなく、何が書かれているのかまったくわからない。

ああ、その本も日本じゃあんまり売れませんでしたねえ。

不意の声に振り向くと、明神が例の笑みを浮かべて立っていた。

君、この本のことを知っているのか。

尋ねると、意外なことを訊かれたかのように眼を見開いて、

何言ってるんですか。それ、津久田さんの本でしょ。

その言葉には、こちらが驚かされる。これが、私の本？

もう一度開いてみた。やはり読めない。見つめていると眩暈《めまい》がするような奇妙な文字が並んでいるだけだ。

これは、私の書いたものを翻訳したものなのか。

そうですよ。ここでは一応、津久田さんは名士ですから。

明神は意味ありげに言った。

妙なものですよね。日本じゃ全然受けなかった小説が、ここでは名作扱いだ。だから今日、講演に呼ばれたんですけどね。

講演？　私が講演をするのか。

もちろん。名誉だと思ってください。

明神に言われても、実感が湧かない。

しかし、何を話せばいいんだ？

適当に何か喋ればいいんですよ。どうせこの国のひとたちには理解できないんだから。さあ、そろそろ時間です。行きましょう。

急《せ》き立てられるように講演会場らしき大広間に連れていかれた。

気が付くと演壇らしき舞台に立たされている。天井からの照明が眩《まぶ》しくて、思わず眼を細める。対する客席のほうは真っ暗で、誰が座っているのかもわからない。だが無人ではないようだ。人いきれというか、何かの気配らしきものが押し迫ってくる。

ここに至っても私は、何を言えばいいのかわからないままだった。人前で喋るのは苦手だ。そもそも講演なんてしたこともない。焦りが私を苛《さいな》んだ。

何か言わなければ。私は動揺したまま、暗闇に向かって言葉を発した。

あの……今日はお招きいただきまして、ありがとうございました。私がその、津久田舞々《まいまい》です。

次の言葉を探そうと言葉を切ったとき、客席から大音声《だいおんじょう》が轟《とどろ》いた。まったく意味のわからない言葉の渦が、私を圧する。

くわっかかかかかかっ。

怒鳴られているのかと思った。だが、違うようだ。意味はわからないが、その声に熱狂と歓喜の色があるのは感じられる。聴衆は私を歓迎しているようだった。

しかし、何が彼らを喜ばせているのか理解できない。逆に何を言ったらいいのかわからなくなった。

歓呼の声は収まるどころか、いよいよ激しくなった。固いものを叩き合わせるような音や、舌打ちのように湿った何かを叩くような音が混じる。あれは拍手だろうか。床を踏みならす音も混じった。会場全体が揺らぐほどの勢いだ。

私は危険を感じた。

あの、落ち着いてくれませんか。

そう言ってみたが、効果はなかった。かえって喧騒が激しくなるばかりだ。私は周囲を見回した。明神の姿を探したのだ。だが、彼はどこにもいない。もしかしたら聴衆の中に紛れているのかもしれないが、見つけることもできない。

聴衆の狂騒はますます高まり、鼓膜《こまく》が痺れるほどだった。思わず後退《あとずさ》ろうとした。ここは、逃げたほうがいいかもしれない。しかし、動けなかった。金縛りに遭ったように、体の自由が利かない。あまりのことに身が竦《すく》んでしまったのだ。

やめてくれ。

私は叫んだ。

もう、やめてくれ！

その声さえも、怒号のような声に呑み込まれた。私は爆発めいた圧力に叩きのめされ、振り回され、昏倒《こんとう》した。

最後の瞬間、彼らが何を言っているのかやっと理解できた。

目覚めよ、と彼らは言っていた。今が、そのときだと。

眼を開けたとき、いつも自分がどこにいるのかわからない。だからひどく不安になる。今日もそうだ。

目の前には青が広がっている。そこに巨人のような入道雲が湧き上がっていて、やっとそれが空だとわかる。すると自分は外にいるのか。

次に自分が椅子に腰掛けた状態であることを認識する。ゆっくり立ち上がり、まわりを見回した。腰の高さにあるフェンスに、丸いテーブルと木製の椅子。

ああそうだ。ここは片喰《かたばみ》邸のテラスだ。私はここに出て、そして……。

足下を見る。つい先程まで読んでいた本が落ちていた。拾い上げるとページが開き、手書きの文字が眼に飛び込んできた。


「妾たちが、それをせねばならん理由があるか」

伏女が訊く。

「楔になるということは、妾たちに犠牲になれということであろうが。言っておくが、そんな義理はないぞ」

「わかっている。たしかに君たちに強制することはできない。しかし旧き神の復活を阻止するためには、どうしても君たちが必要なんだ。頼む、力を貸してくれ」

私は彼らに頭を下げた。

「古賀音《こがね》を、いや、この私を助けてくれ」

「片喰鐵山《てつざん》、身勝手な男よ」

背後から声がした。

「この益体《やくたい》もない土地を守るために、妾たちを利用したいと言いおった」

伏女だった。フェンスの上にちょこんと座っている。

「楔とはすなわち、封印だ。妾たちの存在をもって、鐵山は旧き神を封じようとした」

「封じるって、どうやって？」

「私どもを異なる時空に配置して、そこに留めたのですよ」

伏女の傍《かたわ》らに立つ英丹が答えた。

「旧き神はいくつもの時空に跨《また》がって存在している。そのひとつひとつに私たちを配したわけです」

「本当はもっとたくさんの神が必要だったらしいんだけどね」

主税が言った。

「生憎《あいにく》と鐵山さんが使役できるのは僕たちだけだった」

「使役などと言うな。妾は鐵山の家来ではないぞ」

「似たようなものじゃん。僕たちは鐵山さんが拾ってくれなければ朽ち果てていた捨て神なんだもの」

「だからわたしたち、鐵山さんのお願いを聞いたんですよお」

愁李が姿を現す。

「みんなで鐵山さんを助けてあげようって。ね」

「そんなわけで僕たちは、それぞれの場所に籠《こ》もったってわけだよ」

主税の言葉に、私はやっと合点した。

「あんたたちが妙なところに封じられてたのは、みんな鐵山の計画だったのか」

「封じられたのではない。籠もったのじゃ。おかげでひどく退屈な時間を過ごすことになったがな」

「そのかわり、私どもの存在が消えずに済んだのも、また確かなことではありませんか。すべては鐵山様の手配どおりに」

「あんたたちが消えずに済んだって、どういうことだ?」

「津久田様がお持ちの、その本のことでございますよ。鐵山様が私どものことを書き記してくださったおかげで、人々に忘れられても存在することができたのです。それは私どもが間違いなく居るという証なのです」

「この本が……」

私は手の中の本をあらためて見つめた。

「でも、ちょっと待ってくれ。あんたたちがこの世界に戻ったってことは、封印はどうなったんだ?」

「当然、破られたんだよ」

主税が答えた。

「だから最近、田方山《たがたやま》が騒がしいんだ。あれが息を吹き返してきたからね」

「旧き神とかいうのが、復活するのか」

「そうだ。おまえのせいでな」

伏女の言葉が、私の胸に突き刺さる。

「私が……封印を解いたから……いや、いやいや、そんなこと、考えてもいなかった。決してそんなつもりじゃなかったんだ」

「言い訳するな。結果は明らかだ。おまえが旧き神の復活を手助けした。まあ、企《くわだ》てにまんまと乗せられたのだがな」

「企てって、なんだ？」

「やれやれ、まだ気付いておらんのか」

伏女は私を嘲笑した。

「おまえをここに呼び寄せて、封印を解くように仕向けた者がおろうが」

「それは……まさか……」

ひとりの人物の姿が脳裏に浮かんだ。

「だけど、どうして……？　旧き神が出てきたら、困るのは――」

「そのあたりの事情は知らん。直接本人に訊いてみろ」

伏女は冷たく言った。

2

「町長は今、ちょっと出かけてますけど」

事務服を着た中年の女性は、いつものように事務的な口調で答えた。

「いつ戻ってこられますか」

「さあ。そのうち帰ってくると思いますけどね。待ちます?」

「じゃあ、そうさせてください」

結局、役所の応接室で待つことになった。

女性が出してくれた冷たい麦茶を飲みながら、壁に掛けてある【古賀音十訓】を何度も読み返した。ふと、どうして鐵山はこの書に自らの日記を開く鍵を隠していたのだろうかと考えた。もしかして鐵山は、今日あることを予期していたのだろうか。いつか伏女たちがこの世界に戻ってきて封印が解かれることを知っていたのか。

まさか、という気持ちと、やはり、という思いが交雑する。深く考えようとすると、頭の中が混乱してしまう。

——いつもそうね。あなたは大事なことほど答えを出せなくなる。

そんな声が聞こえた。気が付くと、目の前に女性がひとり座っていた。

——わたしがあなたを嫌いになったと思ってる？　違うわよ。あなたがあなたを嫌いになったの。そんなあなたを見てるのが、辛《つら》いのよ。

言わないでくれ。私は懇願《こんがん》した。たしかに私は君を傷つけた。でも、どうしようもなかったんだ。だって私は……駄目な人間なんだ。普通の生活ができない、欠落した人間なんだ。

——そうね。あなたは何かが欠けたひとだわ。でも、誰だってそうじゃない。完璧な人間なんていないわ。みんな足りないものをなんとか埋めながら、足りないなりに生きている。でも、あなたにはそれができない。取り繕《つくろ》う努力さえしない。そんなあなたを見てるのが、辛いのよ。

やめてくれ。それを言わないでくれ。私は彼女に懇願した。私をそんな憐れみの眼で見ないでくれ。

——あなたはかわいそうなひと。

彼女は容赦なく私を憐れむ。憐憫《れんびん》の視線が私を苛む。苦しくて惨めで、息が苦しくなった。

彼女は立ち上がり、涙に濡れた私の頬に手を伸ばした。

——あなたが自分を憐れみたくなったら、また来るわ。

そのまま、彼女は出ていった。私は追いかけることもできず、立ち上がることもせず、ソファに沈み込んだ。そして泣いた。

「やあ、どうしました?」

突然、甲高い声が鼓膜を震わせる。

いつの間にか、毛見《けみ》町長が立っていた。

「寝ながら泣くなんて器用な方だ。何か悲しい夢でも見ましたか」

「い、いや……」

私は思わず手の甲で頬を拭《ぬぐ》った。

「まあ、ときには泣きたいこともあるでしょうな。しかし心配はご無用です。津久田先生には何の落ち度もありませんよ。それどころか古賀音の恩人だ。あなたのおかげで計画は着々と進行しています。いやあ、本当によい方に来ていただけたと喜んでおりますよ。これは私ひとりではなく、町民みんなの気持ちです」

何が愉快なのか、毛見は満面の笑みを浮かべている。

「あと一押しです。夏祭までにあとひとつ。それですべて、うまくいきます」

「何が、うまくいくんですか」

「もちろん、古賀音が復興するんですよ。じり貧の過疎地なんかじゃありません。日本に、いや、世界にその名を轟かせることができるのです」

毛見は大仰《おおぎょう》に言った。

「言っている意味が、よくわからないのですが」

私が言うと、意外なことを聞いたというように町長は首を傾げてみせた。

「おやおや、まだお気づきでない？　しかし先生はもう、あの本を読まれたのではないですかな？」

「あの本……鐵山の日記のことですか」

「そうそう。読んでますよね？」

答える代わりに、私は言った。

「あなたは、一体何を企んでいるんですか」

「企むとは人聞きが悪いですな。私はただ、この古賀音の発展のために尽力しているだけですよ。そのためなら、どんな手段でも使う所存ですがね」

「旧き神の力を借りてでも、ですか」

思いきって、言ってみた。

「旧き神……ああ、なるほど。片喰鐵山はあの御方《おかた》を、そう呼んでいたのですね」

あの御方……その言いかたに聞き覚えがあった。

「あの案山子《かかし》……」

——もうすぐ、あの御方が姿をお見せになる。

「あんたは、案山子なのか」

「案山子？　何のことやら」

「案山子も旧き神のことを『あの御方』と呼んでいた」

「奇妙なことを言われますな。案山子が喋ったのですか。そんなこと、あるとお思いで？」

「この町なら、どんなことだって起こり得る。案山子が喋ろうがどうしようが、不思議じゃない」

「たしかに古賀音は他の土地とはいささか違っているところがありますな。しかしそれも、ちょっとした差異でしかありませんよ。先生がいらした東京だって、充分にへんてこな街でしょう。あんなに多くの人間がひしめき合って汲々《きゅうきゅう》と暮らしている。あれこそ人間のすることじゃありません。それに比べれば古賀音はまだ人間味があると思いませんか。この町の住人だってみんな先生に優しく接していたはずですよ」

「優しい？　栂《とが》とかいう婆さんには殺されかけたし、高上《たかがみ》って爺さんには本にされかけた。ここの住民には酷《ひど》い目に遭わされてますよ」

「それは致し方のないことです。多少の我慢はしていただかないと。何よりここには落ち着ける家と豊富な食べ物があるでしょう。何の不満があるというのですか」

「私は家畜じゃない。住処《すみか》と食い物を与えておけば満足して言いなりになると思ったら大間違いです。そんなことより教えてください。あなたは旧き神を復活させて、どうしようというのですか」

私の必死の問いかけに、毛見は笑みを崩さないまま答えた。

「お知りになりたいですか」

「ええ」

「どうしても?」

「どうしても」

「わかりました。お教えしましょう。そのかわり」

私にぐっと顔を近付けて、彼は言った。

「覚悟はなさってくださいね」

3

毛見町長が運転する軽トラックは、山道を揺れながら走った。助手席の私は不安を感じながら、ただ黙って前を見ていた。

「ひとつだけ秘密を教えましょう」

毛見が陽気な声で言った。

「私、じつは運転免許を持ってないんです」

「え？　嘘」

「嘘じゃありません。教習所にも通ったことはありません。車の運転はすべて独学です」

「独学って……ちょっと待ってください」

「あ、ご心配なく。今まで一度だって事故を起こしたことはありませんから」

町長は何でもないことのように言う。私はすぐにも車から飛び降りたかったが、この速度だとかえって怪我をしそうだ。安全ベルトの掛かり具合を確認することしかできなかった。

「さて、今度は先生の秘密を教えてくださいよ」

「私の秘密？」

「そうです。何か秘密があるでしょ？」

「そんなものはありませんよ」

「またまた。秘密のない人間なんていません。どんなことでもいいです。教えてください」

そう言われて教える義理もない。だがこの雰囲気だと何か言わないわけにもいかなかった。

「そうですね……子供の頃、拾った千円を猫ばばしたことがあります」

「その千円、どう使ったんです？」

「よく覚えてません。買い食いでもしたんじゃないかな」

「面白くないですなあ。もっと話の広がる秘密はないですか。たとえば誰某《だれそれ》を殺したとか」

「まさか。人殺しなんかするわけないじゃないですか」

「そうですか。じゃあ……そうだ、じつは自分はとっくの昔に死んでいるんだ、とか」

「なんですか、それは？」

「じつは死んでいるのに、生きているふりをしているだけとか」

「そんな馬鹿なこと。ゾンビですか」

「ゾンビというのは美しくありませんな。腐ってて臭いそうだ。どうしてあんな化物に人気があるのか、私にはよくわかりませんよ。死者というのは、ああいうものじゃないのに」

「まあ、あれもフィクションですからね。ところで、どこまで行くんですか」

車は田方山方面に向かっていた。

「もう少しです。山の麓《ふもと》あたりまで」

十分ほど走ってから車は停まった。森の入り口のようなところだ。

「この奥です」

車を降りた毛見は森の中に入っていく。私は黙って従った。木々の間に山道が作られている。

「なかなかいいところでしょう。ここに来るたびに私は心が洗われるような気分になるんですよ」

町長は自慢げに言う。

「はあ」

と答えたが、正直そんな気分にはならなかった。森の中ならフィトンチッドとかの効果で清々《すがすが》しくなるはずなのだが、この森は鬱蒼《うっそう》としていて重苦しさばかり感じる。見ると生えている木も幹がねじくれたり歪んだりしているし、足下の草からも異様な臭いが漂ってくる。どうもここは普通の森ではないようだ。

「古い森なんですよ」

毛見は言った。

「もしも植物学者がこの森に入ったら、びっくりして腰を抜かすかもしれません。多分彼らの常識が引っくり返るでしょうからね」

「そんなに変わった森なら、それを売りにしてアピールすればいいのに。観光客を呼べるかもしれませんよ」

「そういう形での町の発展は望んでいないんですよ。我々は他所者《よそ》をあまり好みませんので。あ、先生は別です。あなたは名誉町民ですから」

いつからそんな称号が与えられたのかわからない。あまり誇らしくもなかった。

歩き進むにつれて、森はさらに深く暗くなっていった。

どこまで行くんですか、と訊こうとしたとき、

「ここです」

毛見の足が止まった。そこは蔦《つた》状の植物に覆われた斜面だった。

「ここに何があるんですか」

私が尋ねると、彼は答えるかわりにその蔦を摑んで引きちぎった。

「ちょっと近付かないでいると、すぐに覆われてしまうんです。天然のカモフラージュというわけですがね」

さらに蔦を引き抜くと、その向こうからぽっかりと空洞が見えてきた。

「これは？」

「一の洞、と呼ばれています。田方山には三つの洞穴があるんです。もっとも二の洞と三の洞は人間が作ったものですがね」

「この洞穴だけは天然のものなんですか」

「いや、そうでもないんです。まあ、お入りになればわかりますよ」

毛見は持ってきたランタンを灯して中に入っていった。私もついていかなければならないようだ。

入り口は小さかったが、中に入ると結構広い。穴の高さは三メートルを超えているだろう。横幅も五メートル近くありそうだ。中の空気はひんやりとしている。これも気持ちいいというよりは、どこか厭《いや》な感じのする冷たさだった。

「この穴、どれくらいあるんですか」

歩きながら尋ねる。

「長さは三百メートルくらいでしょうか。それほど深い穴ではありませんよ」

毛見の持つランタンが揺れて、洞穴の壁面を照らした。三の洞にあったような鏨《たがね》の痕はないようだ。だが自然に開いた穴にも見えない。どこか不自然な風合いを感じるのだ。

「さあ、ここです」

毛見が立ち止まる。これまでより広い空間のようだった。頭上はランタンの光がやっと届くくらいの高さがある。そして地面には一ヶ所、舞台のように少し高くなった場所があった。

「ここは何ですか」

私の問いに、彼は言った。

「神殿ですよ。ほら、ご覧なさい」

ランタンで指し示す先に大きな壁面がある。そこに異様なものがあった。

岩肌を削って描かれたらしい絵のようなものだ。ようなもの、と曖昧《あいまい》な言いかたしかできないのは、そこに描かれているのが何なのか、まったく理解できないからだった。うねうねとくねる曲線や歪《いびつ》な多角形が無秩序に組み合わせられ、混沌とした模様が作られている。子供の落書きのようにも見えるが、何か強い意志で描かれているようにも思われる。ただその意志なるものが、まるで理解できなかった。

毛見はランタンで壁面全体をなぞるように照らす。その奇妙な絵画は十メートル四方の壁全体にびっしりと描かれていた。

「これは、何なんですか」

自分の声が掠《かす》れていることに気付いた。

「私は曼陀羅《まんだら》と呼んでいます」

毛見の語調は相変わらず陽気だった。

「これは彼らが考えた宇宙の姿なのですよ。このように認識される世界の中で生きていた、ということでしょうな」

「彼ら？」

「この洞穴を開いた者たちです。そしてあの御方を祀《まつ》った」

「旧き神のことですか。じゃあ、ここは……」

「先程も言ったとおり、神殿です。ここが彼らの信仰の中心だったんですよ」

「曖昧な言いかたはやめてください。彼らというのは何者なんですか」

「まあ慌てないでください。これからちゃんとお教えしますから」

毛見は勿体《もったい》ぶった言いかたで私を制した。

「津久田先生、あなたは正直で誠実な方だ。知れば知るほど私は先生のことが好きになりますよ。だからこれをお見せするのです。先生のような方なら、きっと理解してくださると信じてね」

でっぷりとした体を揺らして、彼は私の前に立った。

「先生」

「はい？」

「お気をつけて」

その言葉と同時に、毛見は私の肩をぽん、と押した。不意のことでバランスが取れず、私は仰向《あおむ》けに倒れた。

背後には奇妙な絵が描かれた壁面がある。頭をぶつけたら大変だ。私はとっさに両手で後頭部を覆った。

が、予期していたような衝撃はなかった。代わりに柔らかいクッションに身を預けたような感覚を背面に感じた。同時に眼を射る眩しい輝き。そして噎《む》せかえるような草の匂い。

思わず身を起こして見回す。さっきまでの暗い洞穴ではない。木と草に覆われた森の中だった。

立ち上がってさらに見渡してみると、先程毛見町長に連れられて通り抜けた森に雰囲気が似ていた。もしや、あの森に戻ってしまったのか。

「おおい！」

呼びかけてみたが、返事はなかった。町長もどこに行ったかわからない。

このまま突っ立っていてもしかたない。私は歩きだした。

森はずいぶんと深いようだ。歩いても歩いても景色は変わらず、出口もない。地面はぬかるんでいて歩きにくい。ときどき草に足を取られそうになる。見上げても歪な木立に覆われて空もほとんど見えない。ひどく心細かった。

「おおい、町長！　毛見さん！」

歩きながらもういちど呼んでみたが、やはりなんの返事も――。

くわっ……。

いや、返事はあった。人間のそれとは違うようだが。私は歩みを止めた。

くわっかかかかかか……。

耳慣れないようでもあり、どこかで聞いたようでもある声だった。鳥なのか獣なのかもわからない。ただ、いやに不吉に感じられる。

再び歩きだす。少し足を速めた。こんなところ、とにかく逃げ出すに限る。

視界の右側に、何か動くものを感じた。木の枝が揺れたのだ。同時に背後からも気配を感じた。

さらに足を速める。また気配がした。間違いない。追いかけられている。

私は走り出した。追ってくるものを振り払いたかった。しかし背後の者は執拗に追走してくる。がむしゃらに走った。

息が切れる。肺が燃えるように熱い。とてもではないが、このまま走りつづけてはいられない。足が止まりかけた。

そのとき、左右の草むらが激しく揺れ、何かが飛び出してきた。

その姿を眼にした瞬間、これまでのことがすべて錯覚で、自分は映画館で映画を見ているだけなのだと思いかけた。

それは二本足で立っていた。全身が暗褐色で鱗《うろこ》のような皮膚に覆われている。背丈は二メートル近く、尾まで入れると全長は四メートルくらいあるだろうか。短い腕――というより前足には鋭い爪があり、長く伸びた吻《ふん》にも肉を切り裂くための牙が並んでいる。

間違いなかった。それは肉食恐竜だった。

さらに一頭、草むらから出てきた。最初のよりさらに一回り大きい。二頭の恐竜は私を見つめ、牙を鳴らした。

くわっかかかか!

なぜこんなところに生きた恐竜が、と訝《いぶか》しむ余裕もなかった。

逃げ出そうとする体を、必死に抑えた。今動いたら、必ず襲われる。かといって、このまま突っ立っていても、いずれは襲いかかられる。どうすればいい? どうすれば……。

視界の隅に木の幹があった。一か八か、やってみるしかない。

恐竜たちは大きな頭を揺らしながら、こちらを窺っている。牙が剝き出しになり、鈍《にぶ》く光った。あの牙で自分の体が引き裂かれる光景が浮かんできて、足が竦んだ。駄目だ、ここで怖じ気づいたら終わりだ。息を凝らし、タイミングを計る。

一頭の鼻先がもう一頭に触れた。かかっ、と声がして、かかかっ、と応じる。会話をしているようだ。今だ、と思った。

思いきり右に飛んだ。目測を誤ったら最後だった。だが運良く木の幹に手を引っかけることができた。無我夢中でしがみつき、木によじ登った。

幹が少し傾いていたので、なんとか登ることができる。子供の頃、木登りをして遊んでいたときの感覚を思い出した。手でしっかりと幹を摑み、足を踏ん張って体を持ち上げる。足下から声がした。恐竜たちが追いかけてくるのがわかった。下を見ている余裕はない。必死になって木に登った。

その木はとても歪んでいた。まるで螺旋《らせん》を登っているような感覚だった。眩暈がしてくる。歯を食いしばって正気を保とうとした。

くわっか!

足下で声がした。思わず見下ろしてしまった。

恐竜たちが幹に爪を立てて吠えている。だが彼らには木を登ることはできないようだった。かわりに前足で木を揺らしている。私を落とそうとしているのか。幹を摑む手に力が入る。

ずん、と衝撃を受けた。木が大きく揺れる。恐竜が体当たりをしてきたのだ。

また揺れた。危うく手が離れそうになる。やめろ、と叫んだ。頼むからやめてくれ。

さらに大きな衝撃、勢いで片手が離れた。必死に体勢を立て直そうとした。だがその前に次の衝撃が襲ってきた。
ついに両手が離れた。墜落感が全身を襲う。もう駄目だ。あの恐竜に喰われる。その恐怖だけで失神するには充分だった。

意識

恐怖

諦め

絶　望

無我

目覚めよ！

……混沌とした世界から、不意に意識が浮かび上がった。私は眼を開けた。

ひどく固いところに寝かされている。眼に見えるのは、ごつごつとした岩肌だった。

ここはもしかして、あの洞穴か。

明かりが揺れている。松明《たいまつ》のようなものが壁に立てかけられていた。体を起こそうとした。

くわっか!

すぐ近くで声がした。びくっと体が震える。

あの恐竜の顔が、松明の明かりに浮かび上がっていた。一頭だけではない。二つ、三つ。もっとたくさんいる。

間違いなくここは、毛見に連れてこられた一の洞の奥、彼が神殿と呼んでいた場所だ。そして自分は、あの舞台みたいな高いところに寝かされている。

喉がひりひりしている。恐怖で干上がっていた。

くわっかかかかかっ。

一際大きな声がした。見ると私を追いかけていた一回り大きな恐竜が壁面を背にして立っている。

くわっかかかっ。

他の恐竜がその声に応じるように吠えた。

くわっかくわっかくわっかかかかっ。

会話のようにも歌のようにも聞こえる。彼らは声をあげながら、私のまわりを廻っていた。その声には熱狂と歓喜の色が感じられた。私は、もしかして歓迎されているのか。

あの大きな一頭がこの集団のリーダーらしい。その一頭だけは歓喜の輪に入らず、私をじっと見つめている。爬虫類《はちゅうるい》めいた瞳に、不可思議な表情が感じ取れた。

リーダーは不意に私に背を向けると、壁面に爪を立てた。

耳障りな音と共に、爪が線を描く。歪な曲線が、不格好な多角形が描かれていく。

あの壁画は、恐竜が描いていたのか。私は事の意外さに我を忘れた。

ひとしきり絵を描くと、リーダーは再び私に向き直った。何かを促《うなが》すような目付きだった。

他の恐竜たちも私を取り囲み、何かを待っているような素振りだった。しかし彼らは何を待っているのか。

——適当に喋ればいいんですよ。

頭の中で声がした。

「明神!?」

私が思わず声を発すると、恐竜たちがざわめいた。

まさか、ここで講演をしろというのか。

再び沈黙。恐竜たちは私の次の言葉を待っているように感じられた。それが正しいのかどうかわからない。しかし今は、やってみるしかなかった。

「あ……あの、皆さん、私は、津久田舞々と申します」

声を発してみる。案の定、恐竜たちは愉悦の声をあげた。

「えっと、何をお話しすればいいのか、正直よくわかりません。そうですね……あなたがたのことを話しましょう。私は子供の頃から、あなたがたが大好きでした。本当です。親に恐竜の図鑑を買ってもらって、毎日のように見てましたよ。トリケラトプス、ティラノサウルス、プテラノドン、ブラキオサウルス、ヴェロキラプトル……名前だっていろいろ覚えてます。お見受けしたところ、あなたがたはやっぱりラプトル系ですかね。いや、もちろんこれは人間が勝手に付けた名前で、あなたがたには知ったことではないと思いますが。あの図鑑ではあなたがたは冷血動物で爬虫類と同じだと書かれてました。でもその後の研究でいろいろとわかってきたことがあります。あなたがたの血が温かだったとか、羽毛《うもう》が生えていたとか。そういえばあなたがたには羽毛はありませんね。でも悪くないですよ。私にとっての恐竜は、やっぱりそういう肌でしたから。でもね、今回ちょっと驚きました。あなたがたにはこうした洞穴を掘ったり絵を描いたりする知性があったんですね。意思疎通のために言語も使用しているんですか。だとしたらすごいことですね。歴史上の大発見です。私たちの時代の人間はひとりだって、あなたがたに知性があって文明を持っていたなんて想像もしていないでしょう。今回の出会いは奇跡です。これを機会に人間と恐竜との間でコミュニケーションが取れるようなことがあるのなら、こんなに素晴らしいことはありませんね。私がその橋渡しを担ってもいいです。どうでしょうか、私が一度元の世界に帰って、それからここに研究者を連れてくるというのは。あなたがたのどなたかが私たちの世界にいらっしゃってもかまいませんよ。きっと歓迎されると思います。とにかく一度、帰らせてもらえませんか。帰り道を教えていただければ、自分で帰りますから」

普段人前ではほとんど喋れない私が、恐竜たちの前で妙に饒舌《じょうぜつ》になれた。というか、言葉で緊張と恐怖を紛らせていた。

言葉が途切れると、周囲から反応が来た。

くわっか。かかか。

くるくるくるわっか。

何を言っているのかわからないが、互いに言葉を交わし合っているように見える。

そして彼らは一斉に私を見て、声をあげた。

わっかわるわるわるるるわ！

意味がわからないなりに、彼らが喜んでいることは感じられた。どうやら私のスピーチは成功したようだ。

彼らの輪からリーダーが進み出てきた。その眼には穏やかな表情が浮かんでいる。

るるるるる。

リーダーの喉が鳴った。前足がこちらに伸ばされる。握手の催促だと解釈し、その爪にそっと手を触れた。

リーダーの口が開き、長い舌が私の頬を撫でた。犬に嘗《な》められたときのようなくすぐったさを感じた。

私は思わず微笑んだ。リーダーの口許も緩んで見えた。そのとき、

……ぅぅぅぅん……

洞穴全体が震えた。

……ぐううぅぅぅぅぅぅんんんんん……

聞いたことのある響きだった。厭な記憶が甦る。これはたしか、田方山の……。

突然、恐竜たちがしゃがみ込んだ。まるで祈りを捧げているかのような姿勢だった。

リーダーだけが立っていた。穏やかな目付きで私を見ている。小さく頷いたように見えた。

次の瞬間、リーダーの口が大きく開いた。

がっ、と私の右肩に食らいつく。

まるでケーキをナイフで切るように、私の右腕ごと抉《えぐ》り取った。

痛みは感じなかった。ただ驚きだけだった。

足にも衝撃を感じた。しゃがんでいた恐竜の一頭が私の左足に噛みついたのだ。そのまま太股から下を噛み切っていく。

私は体勢を崩して倒れ込んだ。背中に何かが当たり、壊れる感触があった。

待っていたかのように他の恐竜たちが次々と私に食らいついてきた。

右足が、左腕が、胸が、腹が、齧《かじ》り取られ、消えていく。

「どうして……」

とうとう首だけになった私は、言葉を発することしかできなくなった。

「どうしてどうしてどうして……なぜ？」

リーダーがそんな私を慈《いつく》しむような視線で見つめ、それから頭部を丸飲みした。

暗黒が、やってきた。

4

「おわかりになりましたかな？」

その声が私を覚醒させた。

気が付くと、私は洞穴の壁面に体を預けて座り込んでいた。

「私は……奴らに喰われたんじゃ……？」

「生贄《いけにえ》にされたのですよ。彼らの神へのね」

「彼らの、神……」

「あの御方はもともと、彼らが崇拝していた神だったのです。彼らが滅んだせいで、力を失ってしまわれたのです」

「旧き神は、恐竜の神だったのか。しかし恐竜にそんな文化があったなんて」

「化石を調べているだけでは到底解明されない事実でしょうな。でも本当のことです。その力はあらかた失せてしまったとはいうものの、完全に消えたわけではない。なにせ何億年もの長きにわたって崇められてきたものですからね。その蓄積は膨大なものです。それに新たな信仰の力を加えれば、かつてのような強大な力を得るのも難しいことではありません」

「新たな信仰……じゃあ、あんたたちは……」

「あの御方の力を得て、古賀音を復興させる。とてもユニークな町興《おこ》しだと思いませんか」

「そのために私を利用したのか」

「利用だなんて。協力していただいたんです。片喰鐵山が施した封印を破るためにね。なかなか七面倒なことをしてくれていたので苦労しましたよ。田方山で金が取れるという噂を流して一攫千金《いっかくせんきん》を狙う連中に穴を掘らせたり、とか」

「それも封印だったのか」

「もともと田方山はあの御方が力を得るのに適した形をしていました。それを金鉱掘りたちが目茶苦茶な地形にしてしまった」

「じゃあ、田方山に金が出たというのは？」

「あれも鐡山が撒き散らしたデマですよ。自分の手持ちの金塊を、さも山で掘り起こしたみたいに吹聴したんです。そして見つかりやすいところにも金を隠して、そのデマが本当であるかのように見せかけた。おかげで戦前は軍までが金鉱掘りにうつつを抜かしました。鐡山という人物、希代《きだい》の詐欺師ですな。しかもその上で、捨て神たちを使ってあの御方に封印を施したわけです」

「それを私が解いた……」

「ありがたいことに、先生はこちらであれこれ指示する必要もないくらい、うまく動いてくださいました。ひとりであちこち歩きまわって首を突っ込んで、封印を解いてくださったんです。そしてついに、最後の封印も解いてくださった」

「最後の？」

「先生の下にあるものですよ」

言われて身を退けると、尻の下に何かが落雁《らくがん》のように崩れていた。よく見ると人の姿が彫られた石だった。

「これは……刑檀《けいだん》か。じゃあここは？」

「三の洞です。先生が道祖神《どうそじん》もこの世に引き戻してくださいました。やはりホラー作家を選んで正解でしたな。怪異に興味がある人物でなければ、ここまで要領よく働いてくれたかどうか」

「私に古賀音のことを書いてくれと言っていたのは、あれは嘘だったのか」

「嘘ではありません。先生にはちゃんと古賀音を文章にしていただきますよ。これから先、古賀音があの御方の力を得て永劫に発展しつづける姿をね」

「そんなこと、するもんか」

私が言い返すと、毛見は驚いたように、

「おや、臍《へそ》を曲げられたのですか。でもこの件は、先生にとっても良いことだったと思いませんか。尾羽打ち枯らして東京で穀潰しの生活をしているより、ここでみんなから求められて仕事をするほうが、よっぽど生きがいがあるというものですよ」

「勝手なことを言うな。私は邪神を甦《よみがえ》らせるなんて、そんな恐ろしいことに手を貸すつもりはない」

立ち上がり、毛見を睨みつけた。

「私は、帰る」

「どこへですか」

「もちろん東京だ」

「それは先生、無理というものですよ」

毛見は笑った。

「だって先生、あなたはもう、ヨモツヘグイをしてしまったんですから」

「よもつ、へぐい？」

「美味《おい》しかったでしょ、古賀音の食べ物は」

そのとき、私の記憶がひとつの単語を思い出させた。

黄泉戸喫《よもつへぐい》――死者の世界の食べ物を口にすることだ。死者の国のものを食べたら、もう現世には戻れない。

「まさか……」

「もしかして、まだ気付いていなかったのですか」

毛見はにたり、と笑った。

「ここは、古賀音はもう、現世ではないのですよ。先生もまた、黄泉《よみ》の住人なんです」

津久田舞々はやっぱり眠い

1

大きくて古めかしい地球儀だった。

私が座っているところからはヨーロッパ大陸が見える。黒海あたりに大海蛇《シーサーペント》らしき怪物が帆船を襲っている様が描かれている。今時こんなもので地理を学んでいる者がいるのだろうか、と私は疑問に思った。

他には大理石製の彫像や年代物のチェス盤、そして本がぎっしり詰め込まれた書棚など、室内はアンティークな調度で埋め尽くされていた。

ここはどこだ、と言いかけたとき、
君は人生に何が必要か知っているかね？

不意の声に驚かされる。見ると、向かいの革製ソファに男がひとり座っている。

金、地位、名声……凡夫《ぼんぷ》ならそう答えるだろうな。

低音で響きのいい声だった。男は左手の指に挟んだ細身の葉巻を口に運んで一服吸い、右手に持ったロックグラスを愛おしむように眺める。

だが本当に必要なのは、そんなものじゃない。美味《うま》い酒、美味いシガリロ、そして今宵《こよい》、君が語ってくれた不可思議な物語。それこそが人生の宝だよ。

でっぷりとした体を古風なツイードのスーツで包んでいる。酔っているのか赤く染まった顔は艶《つや》やかで、年齢が判然としない。鳥の巣のようにもじゃもじゃの髪に丸縁眼鏡、そして鼻の下のちょび髭《ひげ》が、どうにも胡散《うさん》臭く見えた。

それにしても君の話はなかなか興味深い。そのコガネとかいう町に来てからの経験は、今まで儂《わし》がこれまで見聞きしてきた話の中でもとびきり突飛で異様なものだ。あちこちに封印されていた捨て神、恐竜が崇めてきた邪神、そして住民たちがじつはみんな幽霊だったというのも驚きだな。まさにこれは奇談だ。

奇談……そうなのだろうか。あらためてそう呼ばれると、不思議な気がする。私にとってあの出来事はすべて、ひりひりするような現実だった。

そう、君が体験したのは紛《まぎ》れもなく現実の出来事だろう。おそらくコガネというのは異界、いや、黄泉《よみ》の国なのだろうな。つまり死者の住まう世界だ。君はそこに紛れ込み、黄泉戸喫《よもつへぐい》をしてしまった。黄泉の国の住人となってしまったのだよ。

男の言葉に私は動揺する。黄泉の国の住人というのは、つまりは死人ということなのか。私は死んでしまったのか。

端的に言えば、そうだろうな。君は幽霊だ。儂のところに化けて出たわけだ。

男は笑う。

痛快なことだ。幽霊が奇談を話しに儂の許を訪れるとはな。

いや違う。私は死んでなど、と反論しようとしたときだった。

結論を急ぐものではありませんよ、マスター。

別の声がした。男とも女ともつかない、不可思議な声だ。振り向くと、部屋の隅に控えていたらしい人物が、こちらにやってきた。

私に語りかけてきた男よりは、ずっと若い。色白でほっそりと華奢《きゃしゃ》な体つきをしている。髪は真新しい銅貨のような色合いに染められ、唇は薔薇《ばら》色のルージュが塗られていた。白いシャツの上に糸瓜襟《へちま》の黒いベストを着て、黒いズボンを穿いている。深紅の蝶ネクタイも眼に鮮やかだ。

その人物は私を真っ直ぐに見つめた。視線の強さに私はたじろぐ。

あなたのお話には、いくつかの特徴がありますね。

赤銅《しゃくどう》色の髪の人物は言った。

まず、いきなり異様なことが始まるということ。それと話の中に何度か、心が嫌だと拒絶しているのに体が勝手に動いてしまうという場面が見受けられました。もうひとつ、闇の中にひとつの光が生まれ、それに向かって進むと別の世界に辿り着くというエピソードも重複されています。どれもみな、夢の中の出来事としてはありふれたものです。

夢……？

そう、あなたは夢を見ていたんですよ。

ちょっと待て、と太った男が口を挟んだ。

この男が夢の話をしているというのか。

そうですよ、と赤銅色の髪の人物が応じる。

このひとは、夢と現実の区別が付いていないのです。

待ってくれ。あの出来事が全部夢だなんて、そんな馬鹿なことがあるものか。あんなにリアルで生々《なまなま》しい夢なんて、そんなものが……。

いいえ、夢というのは見ているときは現実よりも現実的に感じてしまうものです。あなたがあれを夢ではないと感じることが、それが夢である証拠ですよ。

そんな無茶な。夢じゃないものが夢なら、現実はどこにあるんだ？

少なくとも、あなたにとっての現実というのは、とても曖昧《あいまい》なもののようですね。あなたは日常のなんでもないときに、突然眠気を覚えて眠ってしまうのではありませんか。あるいは驚きや悲しみ、喜びなど感情の昂《たかぶ》りを覚えたときに意識を失うとか。

それは……そんなことは……。

あるんですね、と念を押されると、否定できなかった。

やはりね。あなたは俗に言う過眠症《ナルコレプシー》なのですよ。

ナルコレプシー……その言葉が私を動揺させる。そんな馬鹿な。私はそんな……。

感情を大きく揺すぶられたときに起きる情動脱力発作と入眠時幻覚、それがナルコレプシーの特徴的な症状です。あなたが古賀音《こがね》という町で経験したという不可思議な出来事は、みんな病気が見せた幻覚ということです。

なんだ、ただの夢幻《ゆめまぼろし》だというのか。

マスターと呼ばれた男が不満そうに言った。

久々に面白い奇談だと思ったのに。糠《ぬか》喜びさせおって。

しかたないですよ、と赤銅色の髪の人物が言う。

本当に不思議な話なんて、そう簡単に出会えるものじゃない。

待ってくれ。あれが夢とか幻覚とか、ありえない。じゃあ、一体何が本当のことなんだ？

私は縋《すが》るような思いで尋ねた。もう何が何だかわからない。

赤銅色の髪の人物は私に向き直る。

ナルコレプシーが見せた幻覚とはいえ、なかなか面白いものではありますね。あなたは夢の中でもナルコレプシーの発作を起こして悪夢を見ている。入れ子構造になっているんです。だからあなたが自身で何が現実で何が夢か特定することはできない。不可能なんです。例えば、これは夢ですか。現実ですか。

それは……答えようとしたが、言葉にならなかった。今のこの状況は現実のことなのか、それとも夢の中の出来事なのか。実感はある。しかしそれが夢の中での現実感でしかないと言われたら、否定することもできない。困惑する私に、相対している人物は重ねて尋ねてきた。

あなたは、どうやってここに来ましたか。なぜ、ここに来たんですか。

答えられなかった。気が付いたらここにいて、彼らと話していた。それ以前のことは思い出そうとしても……無理だ。

言われてみれば、現実の人間がここに現れること自体がおかしなことだな、と男が言った。我々は奇談の中の住人なのだから。

それは不思議でも何でもありませんよ、と赤銅色の髪の人物が応じる。

このひとも、今や奇談の中の住人なのですから。ねえ、津久田舞々《つくだまいまい》さん。

名前を呼ばれた途端、私の意識が歪んだ。すべてが闇に呑み込まれ、世界は消えた。

津久田殿、と呼ぶ声がした。

「……やめてくれ」

辛《かろ》うじて声が出る。

「名前を、私の名前を呼ばないでくれ」

「では、どうしたら起きてくださるので？」

応じる声に、私は眼を開けた。

視界いっぱいに異様な顔が広がっている。

思わず悲鳴をあげて飛び退《の》いた。自分でも情けなくなるような声だ。

「これは失敬。驚かせてしまいましたか」

毛虫のような太い眉に獅子頭《ししがしら》のそれを思わせる団栗眼《どんぐりまなこ》、大きく広がった鼻に剛毛髭。まるで漫画のようにデフォルメされた顔が、にい、と笑った。大きな口から黄色い乱杙歯《らんぐいば》が覗く。

「だ、だっ、誰だ？　あんた誰だ？」

後ずさりしながら問いかける。異様な顔の持ち主は胡座《あぐら》をかいて座っていた。身に着けているのは黒い僧衣のような衣服だ。

「お初にお目にかかる」

両手を地面に突き、頭を下げた。

「拙者は刑檀《けいだん》と申す者。此度《こたび》は故《ゆえ》あってこの世に舞い戻ってまいりました」

「けいだん……あんたが刑檀なのか。道祖神《どうそじん》の」

「左様。三の洞《ほら》で楔《くさび》を任じられておりました。その役も終わってしまったようですが」

「終わったって……」

「おまえが終わらせたのだ」

背後から声がする。振り向くと伏女《ふしめ》が立っていた。

「とうとう刑檀まで引き戻してしまったな。これでもう旧《ふる》き神を封じる手立ては消えた」

「いよいよ始まりますな」

伏女の隣に現れた英丹《えいたん》が言う。

「あれが出てくるね」

主税《ちから》も現れた。そして、

「なんか怖いですう。舞々さん、これからどうなっちゃうんですかあ？」

愁李《しゅうり》が訊いてくる。

「私に訊かれても、わからない」

「伏女、おまえならわかるか。これからどうなるのか」

そう答えるしかなかった。

「どうにもならん。ただ、なるようになるだけだ」

伏女は素っ気なく答えた。

「片喰鐵山《かたばみてつざん》は古賀音が旧き神に呑み込まれぬよう、妾《わらわ》たちを楔として使った。その甲斐《かい》あって旧き神が現世に現れることはなかった。しかしそれで古賀音が救えたわけではなかった。旧き神の影響か、それともそうなるのが摂理だったのか、古賀音は徐々に衰退していった。そして今では人ひとり住まぬ土地となってしまった」

「いや、そんなことはない。現に古賀音にはいろんなひとがいるじゃないか。町長とか町役場のひととか、他にもたくさん……」

「まだ気付かんのか。奴らが皆、普通の人間だと思っているのか。呆れた愚鈍だな」

伏女は容赦なく言った。

「古賀音はもう生者の住まう場所ではない。この地にいるのは皆、幽霊だ」

「幽霊……」

不意に毛見《けみ》町長から言われた言葉を思い出す。

──古賀音はもう、現世ではないのですよ。

「そう、ここはもう現世ではない。冥界だ。そして津久田舞々、おまえも冥界の住人、すなわち幽霊だ」

「私は……もう死んだというのか。そんな馬鹿な」

「生きながら冥界に入り込んだのだ。完全に死んではおらんが、生きてもいない。つまり現世と冥界の双方に繋がりがある。それこそが、幽霊どもの求めていたものだ」

「どういうことだ？」

私が重ねて訊くと、伏女はうんざりした顔で、

「ふん、おまえは何でも尋ねてばかりだな。いい加減、答えるのにも飽きた」

「そんなこと言わないでくれ。私は知りたいんだ。頼む！　教えてくれ」

拝むように懇願《こんがん》すると、伏女は面倒そうに、

「英丹、おまえから話してやれ」

「承知いたしました。では津久田様、この古賀音が幽霊の支配する土地であることは理解していただけましたか。そして津久田様が生きながら死んだ身であることも」

「……実感はできないが」

「よろしゅうございます。さて、ここに住まう幽霊たちの目的とは何か、おわかりになりますか」

「わからない。どうやら旧き神と関係があるようだけど」

「左様《さよう》でございます。彼らの目的は旧き神をこの地に召還し、その力をもって自《みずか》らを現世へと復活させようというものです」

「生き返ろうとしているのか」

「そのとおり」

答えたのは主税だった。

「旧き神には反魂《はんごん》、つまり死者を甦《よみがえ》らせる力がある。古賀音にいる幽霊たちは旧き神を信仰すれば生き返ることができると信じているんだ」

「でも、ただ旧き神が出てくるだけじゃ、駄目なんですよねえ」

と、愁李が言う。

「幽霊さんたちが生き返るには、この世とあの世を橋渡しする存在が必要なんですぅ」

「それが即《すなわ》ち津久田殿、貴殿ということですわ」

最後に刑檀が言った。

「私が、橋渡し……」

言われていることのほとんどが理解できなかった。いや、言葉ではわかる。しかしそれを真実と実感することができなかったのだ。

「もうすぐ夏祭だな」

伏女が言った。

「昔と違い、今の古賀音の夏祭は旧き神を祀《まつ》り、その出現を願うものだ。おそらく奴らは、その夏祭で実行するだろう」

「実行って、何を？」

「また訊くか。だから現世への復活だ。おまえを人身御供《ひとみごくう》にしてな」

「そんな……じゃあ、私はどうなるんだ？」

「知らんな。まあ、常人にはできぬ体験をすることになるだろうが。さて、そろそろか」

「ええ、そのようで」

伏女と意味ありげに目配《めくば》せをした英丹が、私に向かって言った。

「では津久田様、短い時間でありましたが、ご一緒することができて光栄でございました。どうかご無事で」

「お、おい、どこかに行くのか」

「はい、旧き神が出てくる前に退散いたします」

「ちょっと、ちょっと待ってくれ。私はどうなる?」

「どうなるのか、わかりかねます。なので今、『どうかご無事で』と申し上げた次第でして」

「そろそろ限界みたいだよ」

主税が告げた。

「もうすぐあいつらが起こすみたいだ」

「舞々さんが起きる前に逃げ出さないと危ないですよお」

愁李が急《せ》かすように言った。

「おい、起きる前って何のことだ? どこに行くんだ?」

慌てて問いかける私に、伏女はすげなく言った。

「もう、おまえの質問には答えん。さあ、行くぞ」

そう言って姿を消した。続いて英丹も主税も、そしてこちらを少し振り返って愁李も消えた。

「おい、置いてかないでくれ。私はどうなるんだ!」

呼びかけても彼らの姿は、ない。

「……くそ……なんなんだよ、これ」

私は呻《うめ》いた。

「津久田殿」

声の主は、刑檀だった。

「ああ、残ってくれたのか」

「いいえ。申しわけございませんが拙者も消えます。せめてもの餞別《せんべつ》に、これをお受け取りください」

そう言って彼は、私の手に何か握らせた。

「では、ご無礼つかまつる」

一礼すると、刑檀の姿も消えた。

そのとき初めて、私は自分が霧の中にいることに気付いた。いや、霧ではない。でも何かよくわからない、もやもやしたものだ。

「おおい！」

呼びかけてみたが、返事はない。立ち上がり、歩きだそうとした。

しかし、足下には何もなかった。私は落下した。

2

悲鳴とともに眼を開けた。

急激な落下感は消え、私は自分がベッドに横たわっているのを知った。起き上がり、周囲を見回す。片喰邸の、いつも私が使っている部屋だ。

夢、だったのか。それにしては妙に現実感があったが。

――夢というのは見ているときは現実よりも現実的に感じてしまうものです。

それは誰が言ったのだったか。そうだ、あの奇妙な部屋にいた不思議な人物だ。

あれも夢なのか。では、先程の伏女たちとの会話は？　まさか、あれも夢か。

「おおい、伏女！」

呼びかけてみた。返事はない。

立ち上がり、部屋を出ようとした。しかしドアが開かない。ノブを回そうとしても、ぴくりとも動かなかった。

「……どういうことだ？」

必死になってドアを開けようとしたが、無駄だった。

閉じ込められたのか。

「伏女！　出てきてくれ！　頼む、助けてくれ！」

ドアを叩きながら声をあげた。

「伏女！　英丹！　主税！　愁李！　刑檀！　出てきてくれよ！　頼むから！」

やはり誰も応じてはくれない。

「頼む……頼むよ。誰でもいいから、出てきてくれよ……助けてくれよ……」

ドアの前でうずくまる。

「彼らはもう、おりませんよ」

背後から声がした。思わず振り向く。

「所詮は捨て神ですな。役には立たない」

私がそれまで横になっていたベッドに腰を下ろしているのは、毛見町長だった。

「あんた、どこから出てきた？」

私が問い質《ただ》すと、

「はて、どこからでしょうな？　それがわかったら、その出入口から抜け出そうとお考えですか」

毛見は茶化《ちゃか》すように言った。

「よろしいでしょう。じゃあ、ついてきてください」

彼は立ち上がり、ドアに向かう。そして鍵穴を覗き込むようにすると、その体がするする
と穴に吸い込まれ、消えてしまった。

「お、おい!?」

「さあ、先生も出てきてくださいよ」

「できるわけないだろ。いいかげんにしてくれ!」

鍵穴に向かって怒鳴りつける。と、いきなり穴から町長の顔が吹き出てきた。

「できもしないことを望まないように。それが智恵というものですよ」

丸縁眼鏡の赤ら顔が、にやりと笑う。

「あんた……本当に幽霊だったのか」

私は床にへたり込んでいた。

「今までお気付きにならなかったとは。まあ、そういう鈍感な方だからこそ、これまで私の
思惑どおりに動いてくださったのでしょうがね」

するり、と町長の体が鍵穴から流れ出てくる。

「本当に、本当に町の住民はみんな幽霊なのか」

「そのとおり。みんな死人です。寄る辺《よるべ》ない亡者たちです。でも、それももうすぐ終わりな
のですよ。明日、あの御方《おかた》が現世に現れてくださったら、我々もみんな生ある者として甦る
ことができるのです」

「明日？」

「夏祭の日ですよ。いよいよ始まるのです。嬉しいですねえ。この日をどれだけ待ったことか」

毛見は太った体を小刻みに震わせている。どうやら飛び跳ねているようだ。

「明日は先生、あなたが主賓《しゅひん》です。花形です。よろしく頼みますよ」

「私に何をさせようというんだ？」

「それは明日のお楽しみ、ということで。では、それまでこの部屋でゆっくりとお寛《くつろ》ぎください」

そう言うと毛見はまた鍵穴から出ていこうとする。

「待て！　私を出してくれ！」

「それは明日になってから、です」

彼はドアの向こうに消えた。取り残された私は、ただ立ち尽くすしかなかった。

小さな音がした。

ふと見ると、床に何か光るものが落ちている。拾い上げてみた。

親指の先程の大きさの石が金色に輝いている。どうやら金塊のようだった。

先程のことを思い出す。刑檀が別れ際、私の手に握らせたのは、これだったのか。

金塊……思い出すのは片喰鐵山のことだ。彼は田方山《たがたやま》の形を変えるため、山から金が出ると嘘をついた。もしかしたらこの金塊は、そのときに使われたものなのか。

「鐵山……」

金塊をポケットに収めながら、名前を呟いてみる。

待てよ。街の住民がみんな幽霊なら、鐵山も幽霊としてここにいるのではないのか。旧き神の復活を阻止しようとした彼なら、今どうしたらいいのか教えてくれるかもしれない。

どこだ？　鐵山はどこにいる？

探さなければ。でもそのためにはこの部屋から出なければならない。私はもう一度ドアが開けられないか試してみた。しかしやはり駄目だ。ドアはぴくりとも動かない。

窓に駆け寄った。こちらは内側から施錠してあるだけなので、開くことができた。頭を窓の外に出してみる。夕刻らしく東側の空は翳《かげ》りはじめていた。下を見ると、そこそこの高さがある。二階だから当然だろう。窓の外の外壁には摑まるような突起もない。

やはり飛び下りるしか脱出の方法はないのか。しかしこんなところから飛んだら死んでしまうに違いない。

死ぬ……死ぬ、のだろうか。

もしもこれが夢なら、落ちて死ぬこともない。現実だったとしても、ここは黄泉の国で、私は今、その黄泉の国の住人だ。つまり死人だ。

どちらにせよ、ここから落ちても関係ないのではないか。

よし、と腹を決めると窓枠に足を掛け、飛び乗った。が、その状態でまた下を見て、気持ちが怯《ひる》んだ。死ぬはずがないと思っていても、やはり怖い。ここから飛び降りる勇気が湧いてこなかった。

生きながら死んでいるというのは、完全な死人ではないということなのだろうか。だったら、ここで落ちたら本物の死人になってしまう。やはり無理だ。私は引き返すことにした。

窓枠に掛けていた足を下ろそうとする。が、その足がわずかに滑った。バランスを崩し、私の体は無様に揺れる。

「わっ!?」

体勢を立て直すこともできなかった。私はそのまま落下した。

3

時間の流れが、ひどくゆっくりとしていた。

地面が少しずつ近付いてくる。私は悲鳴をあげた。両手両足をばたつかせ、激突から逃れようとする。しかし確実に地面は接近してきた。避ける方法はない。眼をつぶった。

ずん、と全身に衝撃が走った。一瞬、気が遠くなる。

どれくらいそうしていたのか。もう自分の体が落下していないこと、衝撃も収まったことを確認してから、眼を開けた。

夕暮れの空が広がっている。茜《あかね》色の雲が流れていた。

ゆるゆると起き上がる。痛みはない。怪我はしていないようだ。死んでいるのか生きているのかは、やはりわからない。

周囲を見回すと、枯れた枝が広がっている。

自分がどこにいるのかわかった。あの薔薇園だ。枯死した薔薇たちが葬列のように並んでいるところだ。

見上げると片喰邸の二階の窓が開いているのが見えた。あそこから落ちたのか。しかし落下したにしては、位置が少しばかりずれている。まるで風にでも飛ばされたかのようだ。疑わしかったが、考えている暇はなかった。とにかく今は鐵山を探さなければ。私は歩きだそうとした。

そのとき、何か小さく輝くものが眼に入った。

枯れた薔薇の一本、その根元に光るものがある。

ポケットをまさぐった。やはり無い。あの金塊を落としたのだ。私はそれを拾おうと手を伸ばした。

しかし触れようとした刹那、金塊は今までになく強い光を放ちはじめた。まるでそれ自体が強力な光源のようだった。金色の光が四方八方に広がり、枯れた薔薇の木々を照らしだす。と、不思議なことが起きた。枯れていたはずの枝から噴き出すように芽が生まれ、それが瞬《また》く間に成長していったのだ。それは艶やかな葉となり、あたりを緑色に染め、花芽を育んだ。

花芽もたちまちのうちに膨らんで、息を呑む間もなく鮮やかな花を咲かせた。赤、白、黄、紫……色とりどり、形も様々な薔薇の花が私を取り囲んだ。

「……なんなんだ、これ……」

訳もわからず、私は茫然とするばかりだった。すべての薔薇が息を吹き返し、見事に花を開いている。その色と香りが、陽炎《かげろう》のように揺らぎ、立ちのぼった。

極彩色の景色の向こうに、何かが佇《たたず》んでいる。人のようだった。私は眼を凝《こ》らした。

男性だった。麻らしい生成《きな》りのスーツにカンカン帽というオールドファッションな出で立ちをしていた。ロイド眼鏡を掛けた顔は色白で整っている。右手に持ったステッキを器用に回しながら、ステップを踏むような仕種《しぐさ》をしていた。

鮮やかなターンを見せると、男性は私に向かってウインクをした。往年のハリウッドスターのような素振りだった。

私が声もなく見ていると、男性は素早くこちらにやってきた。

「やあ、君がこの薔薇たちを咲かせてくれたんだね。ありがとう。恩に着るよ。おかげで出てくることができた。これだけ見事に枯れてしまうと、さすがの僕もお手上げだったんだけどね」

「いや、あの……」

何と言ったらいいのかわからない。そんな私を見て男性はステッキの柄で帽子の鍔《つば》を軽くあげると、

「ところで君の名前は？」

「あ、あの……津久田、舞々です」

「まいまい……なかなか面白い名前だねえ。気に入ったよ。それで、僕の屋敷で何をしてたんだい？」

「あなたの、屋敷……？」

「そうだよ。僕が建てた屋敷だ」

「じゃあ、もしかしてあなたは――」

「いや、君が何をしていようとかまわないんだけどさ」

男性は私の言葉を遮《さえぎ》って、

「さて、久しぶりだから古い友人たちと会ってこようかな。伏女たちはどうしてるかなあ。じゃあ失礼するよ」

そう言うと男性は掻き消すようにいなくなってしまった。

「待ってください！　鐵山さん！」

呼びかけたが、もう彼には届かなかった。

「そんな……」

せっかく会えたのに、何も話せなかった。

「厄介なことをしてくれましたなぁ」

背後から声がする。振り返ると、毛見町長が苦笑していた。

「捨て神たちだけでなく、片喰鐵山そのひとまで呼び出してしまうとはねえ。いや、これはあなたの力を見くびっていた私の失敗ですかな。まあ、彼ひとりが今更騒いだところで、どうすることもできんでしょうが」

彼は私の肩に手を掛けた。

「ともあれ、これ以上の面倒はよしていただかないとね。あなたひとりにしておくのはどうにも剣呑《けんのん》だ。こっちに来てください」

「何を……する気だ？」

抗《あらが》おうとしたが、背後からも体を押さえられた。たちまち数人の者たちに自由を奪われた。逃れようとしたが、駄目だった。

「夏祭の始まりまで、おとなしくしていてもらいますよ」

そう言って、町長は笑った。その笑みが視界いっぱいに広がって、私は気を失った。

4

「絶体絶命のピンチってとこですね」

そう言って明神《みょうじん》がこちらを見た。いつものように煙草を燻《くゆ》らせながら。いつものように心のこもっていない笑顔で。

「これからどうなるんです？　いよいよ津久田さんと邪神の対決ということですか」

「それは……」

私は言葉を探して周囲を見回した。いつも打ち合わせに使っている喫茶店だった。

私たちの間にあるテーブルには、ふたつのカップが置かれている。中のコーヒーはもう冷めているのか、湯気は立っていない。

「孤立無援の状況で巨大な敵と戦わなきゃならない。お話としては悪くないところですが、主人公がひ弱すぎるなあ。売れない作家ひとりが立ち向かったって倒せる相手じゃないでしょ。どうするんです？」

畳みかけるように尋ねられたが、私は何も言えなかった。

「やっぱりね。この先なんにも考えてないんだ」

明神は小馬鹿にしたように、

「いつになく大がかりな話だけど大丈夫かなあと思ってたら、そういうことですか。しようがないなあ」

「……すまない」

謝るしかなかった。

「でも、どうしたらいいのか本当にわからないんだ」

「それで俺に相談したというわけですか。たしかに編集者ってのは作家のお守《も》りをするのも仕事ですが、話が作れないからどうにかしてくれなんて都合のいい頼みまで聞けませんよ」

そう言って、煙草をふかす。私はただ、小さくなっているだけだった。

「……しかたがない。助言くらいならしてあげましょうか。要は先生の強みを活《い》かせばいい」

「強み？」

「夢です。夢。なんだっけ、ナルコなんとか」

「ナルコレプシー」

「そうそう、それ。先生は突発的に眠って夢を見る。その夢は現実と区別がつかない。そうですよね？」

「ああ」

「じゃあ、今この瞬間は夢ですか。現実ですか」

「それは……」

答えられなかった。どうしてここで明神と話しているのかもわからないのだ。

「ほらね。そこんとこが先生の強みですよ」

「……意味が、わからないんだが」

「夢か現実かわからない。つまり夢だろうと現実だろうと同じだってことです」

明神は煙草を灰皿に押しつけながら、

「夢の中なら、先生だってヒーローになれる。夢でなれるなら、現実でだって」

笑ってみせる。

「いいじゃないですかね、たまには命懸けで何かやったって。どうせ誰に顧《かえり》みられるわけでもない命なんだから」

それだけ言うと彼は立ち上がり、店を出ていった。私はひとりきりになった。

明神の言葉の意味を量《はか》りかねていた。彼は何を言いたかったのか。後を追って真意を確かめてみようか。そう思ったときだった。

突然、眩《まばゆ》い光が店内を襲った。光は私の視覚を奪い、圧倒的な力で押し潰した。

苦しまぎれに声をあげかけたとき、両腕を摑まれて光の中に放り込まれた。

「時間ですよ、先生」

その声に眼を開ける。毛見が目の前に立っていた。

「そろそろお出ましを願います」

両腕は摑まれたままだ。右を見ると見知った顔があった。常木《つねき》満夫《みつお》、豆腐屋の店主だ。そして左腕を押さえているのは高上三五郎《たかがみさんごろう》、元文選工だったという男だ。彼らは黙って私を連れていった。

時刻は昼過ぎくらいだろうか。陽差しは強く、やたら暑い。

気が付くと、広い場所に立っていた。見覚えがある。ここは……そうだ、町役場の駐車場だ。視界の右隅に役所の建物が見える。

駐車場の中央には丸太で高さ三メートルほどの櫓《やぐら》のようなものが組まれていた。そして櫓の周囲には大勢の人間たちが集まっている。

いや、人間ではない。こいつらはみんな幽霊だ。彼らはじっと私を見ていた。

毛見が一同に向かって言った。

「皆さん、これより古賀音夏祭を開催いたします。今年は特別招待客として作家の津久田舞舞先生をお招きいたしました。先生のお力添えにより、ついに今日、我々古賀音町民の悲願であるご光臨《こうりん》が成ります。あの御方の力によって現世への復帰を果たし、古賀音を再び隆盛へと導こうではありませんか」

拍手。

「ではここで津久田先生から一言いただきたく……と思いましたが、先生は謙虚《けんきょ》な方ですので、それは抜きにして早速始めましょう」

私は櫓の前に連れてこられた。毛見はにこにこしながら、言った。

「登ってください」

「え？」

「先生のための特等席です」

拒否できる状況ではなかった。しかたなく櫓の梯子を登る。高所恐怖症ではないつもりだったが、いささか足が竦《すく》んだ。それでも櫓の天辺《てっぺん》まで上がることはできた。そこには一メートル四方くらいの空間があった。

そっと下を見る。幽霊たちは櫓を取り囲んでいた。その中にいた毛見が声をあげる。

「いざ！」

町役場の壁に取り付けられていた拡声器から大きな音が流れてきた。何かの曲のようだが、メロディもテンポも目茶苦茶で、まるで逆回転で聞いているような雑音だ。

くぅらぶり　とわぷ　てれけ　なむ
辛うじて言葉のようなものが聞き取れる。

いすらめ　うわり　せも　しつめ
足下の幽霊たちが動き出した。ひとつの輪を作って蠢《うごめ》きはじめる。

ててま　そうわる　てすみまる　ほかめ
どうやら盆踊りのようなものらしい。体を揺らしたり調子外れに地団駄したりしている。私は唖然としたまま、その〝踊り〟を見ていた。

一際目立つのは金色のレインコートを着た男だった。顔は「へのへのもへじ」と書かれただけ。ラメの入った手袋を振りながら、ぎこちなく踊っている。

他にも踊りの輪の中に見知った顔があるのに気付いた。あれは誰だったか。眼を凝らし、じっと見つめる。

わかった。首相だ。突然死んだという首相だった。たしか古賀音の出身だと聞いた。彼も仲間なのか。首相は楽しそうに体を揺らしている。

流れてくる曲に終わりはなく、踊りも終わらなかった。だが踊りつづけている幽霊たちが何かを待っているのはわかった。

それは、不意にやってきた。

……ぅぅぅぅぅぅんん……

どこからともなく、地を震わせるような音が響いてきた。

その音には聞き覚えがある。私は恐怖に身が竦んだ。

「いよいよですぞ！」

毛見が声を張り上げた。

「いよいよ、お出ましですぞ！」

気が付くと田方山の手前あたりにあった小さな山が、地震でも起きたかのように振動しているのが見える。山は震えながら少しずつ移動しはじめた。

「あああ……」

思わず声をあげた。あれは山ではない。あいつだ。

近付くにつれて山はその本当の姿を見せはじめた。全身を覆っているのは無数の縄のようなもので、その先端には血走った巨大な眼がある。

……ぐおおおおおおおおぉぉぉぉ……

縄の隙間にある亀裂から咆哮《ほうこう》が響く。鼓膜《こまく》を腐敗させるような声だ。おぞましさに身動きが取れなくなった。

あれが、旧き神。かつて恐竜たちが崇め、今は幽霊たちが信奉する邪神だ。

醜さに眼を奪われる。手摺《てす》りにしがみつき、歯を食いしばった。そうしないと叫びながら飛び降りてしまいそうだった。

旧き神が近付くにつれ、幽霊たちの踊りは激しさを増していく。それはもう狂騒といってもいいような動きで、秩序も何もない、ただ滅多矢鱈《めったやたら》に体を振ったり飛び跳ねたりしているだけの、野放図なものだった。

「さあ、いよいよお出ましです！　我等の神が光臨されましたぞ！　うけけけけ！」

毛見の声も常軌を逸している。

「これより我等の時代うけけけけ！　現世に戻り支配してやるいいいいい！」

旧き神はついに駐車場に入ってきた。身の丈は十メートル近くあるだろうか。横幅というか裾野はさらに大きい。まさに小山がひとつ移動してきたようなものだった。

「神よ！　我が神よ！」

毛見が叫ぶ。

「どうか願いを聞き届けてください！　我等を現世に！」

旧き神の無数の眼が、狂乱状態の毛見を見つめる。そして次の瞬間、縄の一本がするすると伸びた。

縄は毛見の体に巻き付くと、そのまま無数の牙が生えた亀裂に彼を放り込んだ。

それからは無残なものだった。旧き神は次々と幽霊たちを捕らえては食っていった。まるでイソギンチャクが捕食しているような光景だった。幽霊たちは逃げることもなく踊りつづけ、捕らえられ、食われた。

常木満夫も高上三五郎も案山子《かかし》も首相も食われた。気が付くと幽霊たちは全員消えていた。残ったのは、私ひとり。

旧き神が櫓に近付いてきた。瘴気《しょうき》のような息が吹きつけられてくる。逃げようにも逃げられない。私は櫓の上で進退窮《きわ》まった。

私も食われてしまうのか。恐ろしさに眼を閉じた。

「正念場だねえ」

耳許で声がした。

「すべては君の覚悟次第だ」

眼を開け、横を見る。櫓の手摺りに麻のスーツとカンカン帽の男が腰掛けていた。

「あんた……片喰鐵山……」

「君は食われないよ」

鐵山は言った。

「君はここと現世を結ぶ架け橋だからね。旧き神は君を使って現世へ飛び出そうとしている。それを防ぐことができるかい？」

「防ぐって、どうやって？」

「だから、覚悟次第だって言ってるじゃないか。君にならできるはずだよ」

「わからない。何をどうすればいいのかわからないんだ！」

私は鐵山に縋ろうとした。

「教えてくれ。私はどうしたらいいんだ!?」

「しかたないなあ」

鐵山はカンカン帽を脱ぐ。

「じゃあ教えてあげるよ。君は――」

その先の言葉は聞けなかった。縄が伸びてきて鐡山を絡め捕ったからだ。

あっと言う間に鐡山は旧き神に呑み込まれてしまった。

「あああ……」

私は絶望の嗚咽《おえつ》を洩らした。もう駄目だ。望みは断たれた。私はもう……。

――大丈夫。

どこからか、声がした。

――自分を信じなよ。

「鐡山!?」

呼びかけたが返事はない。続けて呼ぼうとしたが、その前に旧き神が動いた。

見る間にその巨体が萎《しぼ》むように縮んでいく。十メートルあったものが五メートルに、二メートルに。

やがて握り拳ほどの大きさになった旧き神は、宙に浮いて私の目の前にいる。

と、いきなり突進してきた。

啞然と口を開いていた私の顎《あご》に縄を掛けると、そのまま一気に引いた。

「ぐがっ!?」

声も洩らせなくなる。口いっぱいに異物が入り込む感覚。

旧き神が私の口の中に飛び込んだのだ。

慌てて吐き出そうとしたが駄目だった。奴は喉を押し広げ、さらに奥へと進もうとする。息ができない。私は苦しさにのたうちまわった。涙と涎《よだれ》が溢れ出て気を失いそうになる。

――呑み込め！

また声がした。

――一気に呑み込んでしまえ！

そんなこと言われても、と足掻《あが》きつつ、必死の思いで喉に支《つか》えている旧き神を飲み下そうとした。死ぬほど苦しかった。

喉の一番細いところを無理矢理通っていく感覚とともに、私の意識も栓の抜けた水槽の水のように吸い込まれていった。


気が付くと、灰色の世界に浮かんでいた。

まるで宇宙遊泳しているようだった。体を傾けると移動できる。少しずつ体を動かしながら、移動のこつを摑んだ。

目の前に小さな塊が見えてきた。全身の縄――今では糸のように細いものだが――を蠢かしながら前へと進んでいる。

あいつだ。

どうしよう、逃げようか。しかしあいつは現世へと向かっている。阻止しなければ。でも自分にそんなことができるのか。思いは千々《ちぢ》に乱れる。

——夢の中では、君は何でもできる。

誰かが呟いた。

夢……これも夢なのか。もう何が現実なのかわからない。

——命懸けで何かやったって、それは夢の中のこと。

そうか、これが夢なら、私だって……。

腹を据えた。思いきり手を伸ばす。

指先が何かおぞましいものに触れた。思わず引っ込めそうになるのをぎりぎりで堪《こら》え、握りしめる。そのまま思いきり引っ張った。

腕に無数の縄が絡みつく。その感触。忌《い》まわしさに気が変になりそうだ。それでも摑んだものは離さない。

「やめてくださいよ」

毛見の声がした。

「せっかく現世に戻ろうとしているのに邪魔しないでください」

「うるさい！　このまま行かせてなるか！」

思いきり、旧き神にしがみついた。

「絶対に行かせないぞお！」

そう叫んだときだった。不意に腕の中で蠢いていたものの動きが止まった。

何が起きたのかわからないでいると、

「間に合ったようだな」

その声に顔を上げる。

……伏女？

「おまえにその大役が務まるかどうか、危ぶんでおったぞ」

「私は津久田様ならできると信じておりましたよ」

英丹？

「小心者だけど、やるときはやるんだ」

主税も？

「さすがは舞々さんですねえ」

愁李まで？

「なるほど、鐵山殿が太鼓判を押すだけの御仁《ごじん》でしたな」

「刑檀……みんな、どうして？」

「どうしたもこうしたもあるか。戻ってきてやったのだ。ありがたく思え」

伏女が居丈高に言った。

「妾たちは機会を窺っておったのだ。旧き神の力が最も弱くなる瞬間をな」

「旧き神とて現世への移動は並大抵のことではありません。その姿、その力のままではひとりの人間を通ることなど無理です。どうしても小さく弱くならなければね」

英丹が解説した。

「それに通路となる人間の意志も大切なんだ。頑として通さないという意志が旧き神の力より強ければ、そいつだってどうにもできない」

主税が言う。

「そういうことですう。舞々さんは立派に旧き神を止めちゃいましたあ。さすがあ！」

愁李が手を叩いている。

「さて、ここからは我等の出番ですな」

刑檀の言葉に、私は尋ねた。

「何をするんだ？」

「もう一度、妾たちで旧き神を封じるのだ」

「封じるって、前みたいに別の世界に行くのか」

「そうだ。それぞれが異界に赴いて旧き神を封じる楔となる」

「でも、それじゃあまた祠《ほこら》とか壺とかに閉じ込められるのか」

「そういうことですね」

「あ、そんなに気にしなくていいよ。僕たち、あっちの世界も悪くないと思ってるから」

「ていうか、現世もあんまり住み心地よくなさそうですもんねえ」

「拙者も神を信じなくなった世界に無理矢理住まうより、楔として穏やかに暮らすほうが性に合っておりますな」

「あんたたち……」

私は言葉を失くしていた。

「誤解するなよ」

伏女が言った。

「おまえのためにやるのではない。鐵山に頼まれたからだからな」

「鐵山に……でも、彼もこいつに呑み込まれたんじゃ……」

「それも覚悟の上だったのですよ。鐵山様は古賀音の者たちと一緒になることを望まれたのです」

「さあ、そろそろやろうよ」

「そうですねえ。舞々さん、いっせえのせえで手を離してくださいねえ」

「よろしく頼みますぞ、津久田殿」

どうやら、やるしかないようだ。

「よし……いくぞ……でも、その前に」

「なんだ？」

「ありがとう、と言っていいかな」

「駄目だ」

伏女が愛想なく言葉を返した。

「おまえに礼を言われる筋合いなどない」

「……わかった。じゃあ……いっせえの」

「せえ！」

5

暑い。

私が眼を覚ましたとき、まず思ったのはそのことだった。

額から首筋から胸許から、ぬるい汗が流れているのを感じる。口の中はひどく渇いていた。

自分のいるところを確認した。ベンチに座っている。目の前にあるのは電車のホームとおぼしき場所と、その向こうの青空。そして容赦なく照りつけている陽差しだった。

どうやら自分がいる場所もホームらしい。ということは、電車を降りたのか。持ってきたスーツケースも傍《かたわ》らにある。

立ち上がり、ホームを歩きだす。駅名標がすぐみつかった。

【古賀音　こがね】

こがね？　どこだ？　また寝惚けて変なところで降りてしまったのか。

どうも最近、こうして突然眠りこけてしまうことが多い。もしかして病気か何かだろうか。

一度医者に診てもらった方がいいかもしれないな、と思う。まあ、それも今の仕事の目処が立ってからだが。

とりあえず、次の電車が来るまで待とう。私は改札を出た。自販機で飲み物を買いたかった。

だが駅舎を出たところで、私は立ち竦んでしまった。

いきなりの騒音が鼓膜を震わせる。巨大な爪が地面を掘り起こし、土を吐いていた。

一面が工事現場だった。

少し離れたところに看板らしきものが立っている。近付いて見てみた。

【古賀音復興工事現場】

やっと思い出した。去年の秋、大きな台風で町がひとつ丸ごと土砂に呑み込まれたと聞いた。ここが、その町か。

胸ポケットの携帯電話が騒がしく振動した。明神からだった。

――今、どこですか。

「古賀音、という駅にいる」

――古賀音？　どうしてそんなところに？

「いや、わからないんだ。気が付いたら降りていたみたいで」

――相変わらずですねえ。

電話の向こうで明神が笑っている。

――とにかく、早く来てくださいよ。俺はもうひととおりこの村を回ってみました。いや、村の残骸って言ったほうがいいかな。ひとっこひとり住んでないんだから。

「で、あったかな？」

――ありました。壊れかけた古い祠でした。中には御礼が納められてましたが、雨風に晒されて文字は読めませんでした。廃村になってからずっと誰も面倒を見てないことが一目瞭然です。たしかにこれは〝捨て神〟ですね。

捨て神。その言葉が私の心をなぜか騒がせた。

――いや、面白いですよ。日本各地の打ち捨てられた神々を巡るってのは。最初に津久田さんからそのアイディアを聞いたときには正直あんまりピンと来なかったですけどね。でも実際に見てみると俺まで創作意欲が湧いてきます。いろいろと物語が紡《つむ》げそうだ。

私が遅刻しているのに、明神は上機嫌のようだった。

――このアイディア、どうやって見つけたんです？

「それは……」

答えようとしても、言葉が出なかった。なぜ私は捨て神なんてものに興味を持ったのか。自分でもよくわからない。

「……ただ、書かなきゃいけないような気がしたんだよ。私が書いて、彼らのことを残してやらなければと」

――彼ら？

「いや、何でもない。とにかく、電車が来たらすぐそっちに向かうから」

そう言って電話を切った。

工事の騒音が不意に途絶えた。昼休みだろうか。なんだか腹も減ってきた。このあたりに食事のできる店があるだろうか。いや、ゆっくり食べている暇はない。電車が来たらすぐにでも乗らなければ。でもせめて、喉を潤したい。私は歩きだした。

……ぅぅぅぅぅぅんんん……

何かが聞こえたような気がした。思わず振り返る。もしかして……いや、たぶん重機の音だろう。私はかまわず歩いた。

自販機は、なかなか見つからなかった。

解説

似鳥鶏

学生の頃、一人旅で山間《やまあい》の道を歩いていて怖い思いをしたことがあります。

山道ではなく「山間の道」に過ぎなかったので、たいした目には遭っていません。熊に遭ったり崖から落ちたり、林の中を見たら青白くて妙に腕が長い「人影のような何か」がいて、歩いても歩いても林の方を見ると同じ距離に「それ」がいて、同時に奇妙な耳鳴りが続くようになり、よく聞いてみるとその耳鳴りの中に「……フングルイ、ムグルウナフ……」といった「言葉」が混じっており、怖くなって来た道を駆け戻ったらカーブを曲がった先に「それ」が立っていた、とかいう経験はしていません。していたら今この原稿を書いていないでしょう。単に道を間違えてどんどん山の中に入っていってしまい、やばいと思って引き返した、というだけです。道だって舗装された普通の道です。

ですがその時はそれが妙に怖かったのです。行けども行けども目的地らしきものが見えてこない。歩いた距離からすればとっくに着いていていておかしくないのに（スマートフォンの存在しない時代でした)、町に着くどころかどんどん山奥に入っていく。「あれ？　これ合ってるのかな」が「ちょっとおかしいぞ」になり、「まずい、もしかしてやらかしたのでは」になり、周囲の風景もそういえばだんだん「おかしくなってきている」ことに気付く。こんな分かれ道はないはずだ。こんなカーブがあるのか？　あの山はもっとこっちに見えていなければおかしい。日も徐々に暮れてきて、周囲が暗くなってきます。私は町に戻るべきかと思って後ろを振り返りました。後ろも山でした。その時にぞっとしたのです。「……帰れなくなる！」と。

もちろんそんなことはなく、単に最初のほうで道を一本間違えて山越えの道の方に入ってしまっていただけなのですが、[*1]あの恐怖は今でも覚えています。その理由は「起こったこと」よりもむしろ「起こるプロセス」にあったのではないかと思います。「あれ？」の違和感が「おかしいな」の疑心暗鬼になり、「そういえば」と周囲を見回すと、いつの間にか周囲のものがすべて「ちょっとおかしく」なっている。「まずい」と慌てて、来た道を振り返ると、もう背後を絶たれて戻れなくなっている――というのは、ホラーの王道の一つです。

本作も実は、この王道を見事に再現しています。怪しい土地の探索行。ゲームのように「仲間」が増えていき、探索可能な範囲が広がっていく楽しい展開につい油断させられてしまいますが、考えてみればそもそも最初から「違和感」のある依頼でした。そして「ちょっとおかしいぞ」と「疑心暗鬼」になるような毛見《けみ》町長とのやりとり。「そういえば」町の人々、あの人もこの人も皆、ちょっとおかしい。「まずい」と逃げようとしても、その時にはもう、主人公は逃げられなくなっています。もちろん、読者も。そして……。

そして実は本作の主人公・津久田舞々《つくだまいまい》の造形もまた、よく見るとホラーの主人公の王道です。ホラー作品において怪奇の世界に迷い込むのは「普通の人間」でなければなりませんが、実は何の情念もない平穏なペラペラ君ではなく、何かの「欠落」と「執着」を持っている人間だったりします。前出の迷子になった私は単に方向感覚の欠落に過ぎませんが、津久田舞々は自らの才能とそれに対する自信、さらには進むべき道描くべきものへの「欠落」を抱えており、それゆえ降って湧いた古賀音《こがね》行きの話に乗り、引き返すべき時に引き返せなくなってしまう。とりわけ日本のホラーにおいては、うっかり「禁忌」に近付いてしまった人間にも一度は「これは、触れてはいけないものなのではないか」「関わるべきではない。ここで引き返すべきではないか」と気付くチャンスが与えられることが多いのですが、でも主人公はそれにもかかわらず、自らの「欠落」とそれゆえの「執着」により、霊感とも言うべきその警告を無視して踏み込んでしまう。これも一つの王道です。ホラーにおいてなぜこれが王道

＊1　あまり怪奇っぽく書くと失礼な気もする。当然のことだがどんな怪奇スポットにも「近所の住人」がいるわけで、住人からすれば、よそから来た人が家の近くの廃屋やら神社やらを指さして「怪奇スポットだ」と勝手に騒いでいる、という構図になる。どこだって誰かにとっては「地元」なのである。そのあたりを忘れないようにしたい。

たり得ているか、簡単には説明はできませんが、一つは「禁忌」を破ってしまったという「過失」の存在によって主人公が「つけを払わされても仕方がない」＝「安全が保証されない」立場に追い込まれるため、スリルが増すから。もう一つは、私たちは誰しもがどこかしらに「欠落」と「執着」を抱えており、自分がどんな時でも理性的に動ける人間ではない（そんな人間はいない）ということを知っているがゆえに、直感的な「警告」をつい無視して禁忌に触れてしまう主人公が他人とは思えず、そこがリアリティと共感を生むからなのでしょう。自分もこの主人公のようになってしまうかもしれない。津久田舞々もまた、そういうリアリティを具《そな》えた「あなた自身」なのです。

そして本作はただのホラーではなく、壮大な伝奇文学の流れの一部をなすものでもあります。伝奇小説の王道かつ醍醐味《だいごみ》の一つに、「ストーリーの進行とともにどんどんスケールが大きくなっていく迫力とスピード感」というものがあります。「平穏な日常にぽたりと出現した些細な異物」を調べていくうち、徐々にそれが大事件の一部であることが判明し、それどころか日本、あるいは世界の滅亡が迫っていることが判明し……というやつです。ミステリでは「拾ったピースが、見えている画（事件）のどこにはまるのかを探っていく」過程がとられますが、伝奇小説はむしろ逆で、「拾ったピースをはめ込んだ絵の全体像が明らかになっていく」過程が楽しみの一つです。庭で拾った白い小さな欠片が恐竜の指の骨であると分かる。恐竜の指が、大きな手が、見上げるほどの巨体が明らかになっていく。この流れは問答無用で快感であり、それゆえ王道になっているわけです。実は本作は、よく見るとそうした伝奇小説の王道もきっちり踏んでいます。日常の「奇妙な依頼」から不思議な「館」へ。そして町へ。日本全体へ。さらには……。それだけでなく、読者によっては「この小説自体が、ある巨大な体系の一部である」ことにも気付くでしょう。小説の外側にまで拡がる「拡大」の快感。まさに、伝奇小説の王道です。

そしてホラーと伝奇小説、二つの王道をきっちり踏まえた本作は、「王道」というものの凄み、強さを、これ以上ない説得力で思い知らせてくれます。

文芸批評のような業界内事情についてあまり書くのは不安なのですが、実は文芸の場合、作品を批評する時に出てくる「王道である」という言い回しには、いい意味と悪い意味があります。悪い意味で使う時の「王道である」はつまり「オリジナリティがない」という意味でして、実のところ創作者にとってはもっとも致命的であるこの評価をさりげなく、波風立てないように、「大人」の言い回しで伝えられる言葉として「王道である」が使われている部分があります。対してもう一つの、いい意味で使う時の「王道である」とは、「昔から変わらない『面白い作品』のツボを押さえている」という意味です。王道というのは面白いから王道になったわけでして、そこを捉えている作品は、どうやっても揺るがず面白いのです。ならみんな王道で書けばいいじゃないかという話になりそうですが、最初から「王道を狙って」書くと、できた作品は往々にして前述の「悪い意味の王道」になってしまうのです。だから書き手というのはみんな、目の前に見えている王道からあえて目をそらし、結果的にうまいこと「いい意味の王道」に乗ってくれないかなー、と念じながら横や後ろに向かって球を投げるようなところがあります。

いささか意地の悪いこの言い回しですが、どちらの意味の「王道」なのか見分ける方法はあります。読んでみればいいのです。読みながらもう最初の方で「あー、ベタだなあ」と感じてしまったら悪いほう、読み終わってから振り返って「そういえばこの作品、王道だったんだな」と感じるなら良いほうです。

本作を読みながら「あー、ベタだなあ」と退屈する読者はいないでしょう。それを可能にしているのが読みやすい文体であったり、主人公が夜汽車に乗る場面に代表されるような「絵が浮かぶが、ある絵面をイメージしてそれをそのまま書いたのではない」文章であったり、あるいは「あなたにとって東京とは、住処《すみか》が建っている地面でしかないわけですな（汽車の老人）」「こんな獣みたいな――。／異議あり、と面長の男が泣きながら立ち上がった。／今の検察の発言はすべての動物に対する侮辱です。（検察官と弁護人）」といったような、太田忠司作品特有の「ユーモラスだが可愛いだけではなく、ちょっと不気味で毒がある」トーンのやりとりであったりします。東京創元社の「くらり」なんかもそうですが、個人的に大好きなやつです。ちょっと塩がかかっている方が甘い。安心安全な優しい幼馴染みより、ちょっと危険で謎めいた転校生の方がモテるあれです。

また太田忠司作品には時折、本作の「かくれんぼ」のエピソードにあるような、ちょっと寂しくノスタルジックなシーンが登場します。それもまた、読者を気がつかないうちに王道の流れに連れていく「武器」の一つです。夏の夜、耳に届く盆踊りの太鼓。ぴかぴか光る色とりどりの提灯。あれもこれも賑やかに並ぶ屋台の連なり。縁日の賑やかさきらびやかさに目を奪われて、わくわくしながら進んで、ふと気がついて周囲を見回すと友達とはぐれて独りぼっち。きらびやかな屋台の灯りはどこか奇妙で、気がついて見回すとまわりの客たちも、どこか人間と違う――。

喩《たと》えるなら、本作はそういう作品です。

本書は二〇一七年に刊行された『優しい幽霊たちの遁走曲《フーガ》』の改題文庫化です。

著者紹介　1959年愛知県生まれ。81年、「帰郷」が「星新一ショートショート・コンテスト」で優秀作に選ばれた後、90年に長編『僕の殺人』で本格的なデビューを果たす。狩野俊介、京堂夫妻など人気シリーズのほか『奇談蒐集家』『遺品博物館』『麻倉玲一は信頼できない語り手』など著作多数。

検印
廃止

怪異筆録者

2021年9月30日　初版

著者　太《おお》田《た》忠《ただ》司《し》

発行所　（株）東京創元社
代表者　渋谷健太郎

162-0814／東京都新宿区新小川町1-5
電話　03・3268・8231-営業部
03・3268・8204-編集部
URL　http://www.tsogen.co.jp
モリモト印刷・本間製本

乱丁・落丁本は、ご面倒ですが小社までご送付ください。送料小社負担にてお取替えいたします。

ISBN978-4-488-49013-3　C0193

京堂家の食卓を彩る料理と推理

LE CRIME A LA CARTE, C'EST NOTRE AFFAIRE

ミステリなふたり ア・ラ・カルト

太田忠司

創元推理文庫

◆

京堂景子は、絶対零度の視線と容赦ない舌鋒の鋭さで“氷の女王”と恐れられる県警捜査一課の刑事。日々難事件を追う彼女が気を許せるのは、わが家で帰りを待つ夫の新太郎ただひとり。彼の振る舞う料理とお酒で一日の疲れもすっかり癒された頃、景子が事件の話をすると、今度は新太郎が推理に腕をふるう。旦那さまお手製の美味しい料理と名推理が食卓を鮮やかに彩る連作ミステリ。

収録作品＝密室殺人プロヴァンス風，シェフの気まぐれ殺人，連続殺人の童謡仕立て，偽装殺人　針と糸のトリックを添えて，眠れる殺人　少し辛い人生のソースと共に，不完全なバラバラ殺人にバニラの香りをまとわせて，ふたつの思惑をメランジェした誘拐殺人，殺意の古漬け　夫婦の機微を添えて，男と女のキャラメリゼ

あまりにも有名な不朽の名作

FRANKENSTEIN◆Mary Shelley

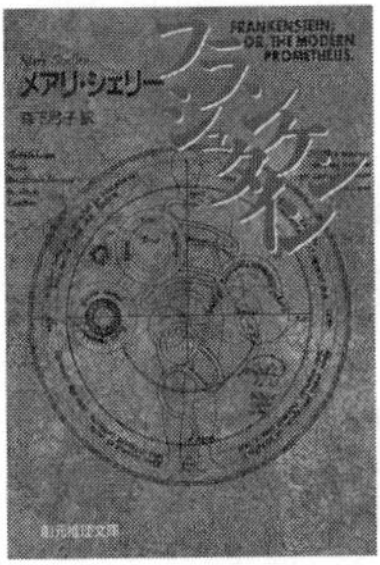

フランケンシュタイン

メアリ・シェリー
森下弓子 訳
創元推理文庫

◆

●柴田元幸氏推薦――「映画もいいが
原作はモンスターの人物造型の深さが圧倒的。
創元推理文庫版は解説も素晴らしい。」

消えかかる蠟燭の薄明かりの下でそれは誕生した。
各器官を寄せ集め、つぎはぎされた体。
血管や筋が透けて見える黄色い皮膚。
そして茶色くうるんだ目。
若き天才科学者フランケンシュタインが
生命の真理を究めて創りあげた物、
それがこの見るもおぞましい怪物だったとは！

巨匠が最も愛した怪奇作家

THE TERROR and Other Stories◆Arthur Machen

恐怖
アーサー・マッケン傑作選

アーサー・マッケン
平井呈一 訳　創元推理文庫

◆

アーサー・マッケンは1863年、
ウエールズのカーレオン・オン・アスクに生まれた。
ローマに由来する伝説と、
ケルトの民間信仰が受け継がれた地で、
神学や隠秘学《オカルト》に関する文献を読んで育ったことが、
唯一無二の作風に色濃く反映されている。
古代から甦る恐怖と法悦を描いて物議を醸した、
出世作にして代表作「パンの大神」ほか全７編を
平井呈一入魂の名訳にて贈る。

収録作品＝パンの大神，内奥の光，輝く金字塔，赤い手，
白魔，生活の欠片，恐怖